LE PRESTIGE DE L'ÉTALON NOIR

L'ÉDITION ORIGINALE DE CE ROMAN A ÉTÉ
PUBLIÉE EN LANGUE ANGLAISE PAR
RANDOM HOUSE, NEW YORK, SOUS LE TITRE :

THE BLACK STALLION'S SULKY COLT

Traduction de l'américain par Jean Muray.
Traduction revue par Philippe Rouet.
Photos de Darlene Wohlart.

Hachette Livre, 43 quai de Grenelle, 75015 Paris

LE PRESTIGE DE L'ÉTALON NOIR

hachette
JEUNESSE

Pour le vrai *Feu de Joie,* qui ne s'est jamais hissé jusqu'à une grande épreuve comme le Hambletonian, mais qui brilla dans d'autres domaines – et pour *Chenapan,* notre espoir.

W. F.

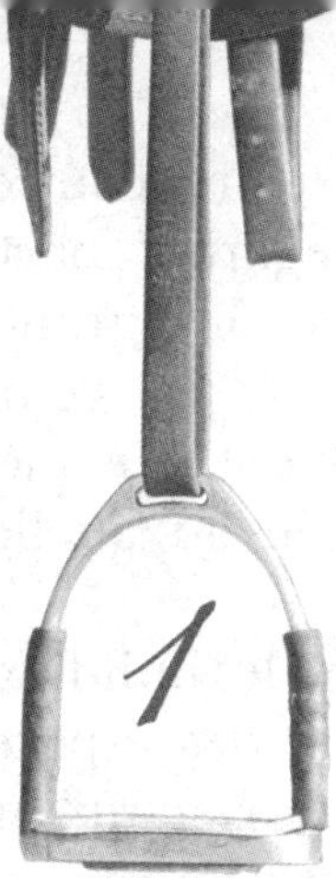

1 Nocturne

Alec Ramsay est installé dans le train qui a quitté, à 19 h 05, la gare de Pennsylvanie, à New York, et doit arriver à l'hippodrome Roosevelt, à Westbury, Long Island, à 20 h, c'est-à-dire une demi-heure avant la première course de la soirée. Il aura donc le temps de chercher et de trouver Feu de Joie, le deuxième fils de l'Étalon Noir.

Le jeune garçon se pose des questions sur ce poulain de trois ans qu'il n'a jamais vu. Feu de Joie ressemble-t-il à Black ? A-t-il son aspect, son caractère, sa fougue ? Ou bien est-il de petite taille et d'allure paisible comme la jument de trot qui lui a donné le jour ? Mais il ne tardera pas à le savoir.

Et il se réjouit à la pensée de rencontrer enfin ce poulain et de le regarder participer, aux lumières d'un des plus grands hippodromes des États-Unis, à un genre d'épreuve qu'il connaît seulement par quelques petites réunions provinciales auxquelles il a assisté.

Il se détourne de la fenêtre où les buildings cèdent petit à petit la place à des espaces verts. Et il se félicite de ne porter qu'une légère chemise de sport, car cette journée de juillet a été chaude, et la nuit ne promet pas la moindre fraîcheur.

Le compartiment est bondé. Le voisin le plus proche d'Alec est plongé dans la lecture d'une lettre dactylographiée. Soudain, il lève la tête et lui dit :

— Quelquefois, j'ai l'impression que l'entraîneur est plus habile à… entraîner le propriétaire que le cheval !

Alec jette un coup d'œil au texte et déchiffre l'en-tête : *Écurie Fred Ringo.*

— Ça dépend, répond-il, de l'entraîneur et du propriétaire.

— Tenez, regardez ça, reprend l'autre. Lotion pour les jambes : deux dollars cinquante *cents.* Ma femme prétend que mon poulain dépense plus de lotion qu'elle. Et je ne peux même pas lui expliquer à quoi sert cette lotion !

Alec sourit.

— C'est un onguent assez inoffensif avec lequel on frictionne les jambes des chevaux avant la course ou l'entraînement.

L'homme dévisage Alec.

— Vous connaissez donc les chevaux ?

— Un peu.

— Dans ce cas, vous devriez pouvoir me renseigner. Tout cela, je le paie. Or, ma femme ne cesse de me répéter qu'il est temps que je comprenne. Mais il n'est pas facile d'interroger Fred Ringo à ce sujet, surtout un soir de courses. Qu'est-ce que signifie, par exemple, « graisse pour le pied » ?

Il ajoute avec un sourire grimaçant :

— Ça fait courir le cheval plus vite ?

— Pas exactement, dit Alec. Mais un cheval dont les pieds sont l'objet de certains soins possède quelquefois plus de vitesse qu'un autre. La graisse en question est appliquée sur les sabots. Elle les maintient élastiques, et les protège des seimes, c'est-à-dire des fissures.

— Et l'argile pour les pieds ? Qu'est-ce que c'est encore ?

— Quand un cheval court jour après jour sur des pistes dures, il arrive que ses pieds deviennent chauds et humides. Une application d'argile suffit à les rafraîchir en quelques heures.

— Vous semblez rudement calé pour quelqu'un qui prétend connaître seulement « un peu » les chevaux. Vous êtes propriétaire d'un trotteur ?

— Non.

L'homme tend sa main droite.

— Je m'appelle Dick Frecan. Je possède un poulain de trois ans nommé Vif-Argent. Vous avez déjà dû le voir à l'hippodrome Roosevelt ?

Alec secoue la tête.

— C'est la première fois que je viens ici. Je m'appelle Ramsay… Alec Ramsay.

Dick Frecan lève les sourcils et demande en parcourant d'un regard rapide les grandes mains d'Alec et ses larges épaules :

— Vous dites que vous vous appelez ?

— Ramsay.

— Ne me racontez pas que vous êtes ce jockey qui a monté Black, Satan, et l'an passé Black Pearl !

— Ce sont tous des chevaux qui nous appartiennent, admet Alec.

— Ça alors ! s'exclame Dick Frecan avec une expression encore à moitié incrédule.

Voilà des années que je vous suis. Je vous ai vu souvent, mais toujours des tribunes.

Il ajoute, en pliant la feuille dactylographiée et en la glissant dans sa poche :

— Et je me trouve tout à coup assis près de vous dans ce train ! Et j'ose vous poser des questions sur les chevaux ! J'espère que vous ne m'en voulez pas trop ?

— Bien sûr que non, proteste Alec. Tout propriétaire, quand il paie, a le droit de savoir de quoi il s'agit.

Après quelques secondes de silence, Dick Frecan reprend :

— Je peux vous demander ce que vous allez faire à Roosevelt ?

— Il y a un cheval que je voudrais voir. Il court dans la deuxième.

— Le mien aussi ! Comment s'appelle le vôtre ?

— Il n'est pas à moi mais il m'intéresse. Il s'appelle Feu de Joie. C'est un fils de Black.

— J'aurais dû m'en douter. On en parlait devant moi il y a quelques jours. L'an passé, il a fait des étincelles. Mais, cette année, il n'a pas retrouvé sa forme. Il appartient à Jimmy Creech, qui habite Coronet, en Pennsylvanie.

— Exact, dit Alec. M. Creech est un vieil ami de mon associé Henry Dailey. C'est pourquoi sa pouliche de trot a été présentée à Black.

— J'aimerais bien bavarder avec Henry Dailey, et rencontrer Black et Satan.

— Pourquoi vous ne viendriez pas à notre ranch un de ces jours ? Par le train, nous ne sommes qu'à deux heures de New York.

— Comptez sur moi… si ça ne vous dérange pas ?

— Pas du tout, affirme Alec.

Le convoi, qui entre en gare de Westbury, ralentit.

— Je ne peux pas souhaiter bonne chance à Feu de Joie, puisque mon poulain est engagé dans la même course, commente Dick Frecan. Mais, à propos, par qui est-il drivé ? Sans doute par un champion ?

— Pas exactement. Il est drivé par un jeune, Tom Messenger. Tout ce que je sais de lui est qu'il vient de Coronet, qu'il est un ami de M. Creech et que celui-ci, malade, ne sera pas ici ce soir.

— Vous connaissez M. Creech ?

— Non, répond Alec, souriant. Je ne connais personne, ni M. Creech ni Tom

Messenger ni Feu de Joie. Mais cela me fera plaisir de les rencontrer.

Comme le train s'arrête, Dick Frecan se lève en disant :

— Eh bien, j'avoue que je ne suis pas fâché d'apprendre que Feu de Joie, ce fils de Black, est drivé par un nommé Tom Messenger. Je serais beaucoup plus inquiet s'il l'était par un driver réputé. J'ai une telle envie que mon poulain gagne. Le foin coûte si cher ! Soixante-dix dollars la tonne !

*

* *

Un quart d'heure plus tard, Alec se mêle à la foule qui se presse à l'entrée principale de l'hippodrome Roosevelt. Il ne fait pas encore nuit, mais la piste est déjà illuminée. Les haut-parleurs diffusent de la musique d'ambiance.

Lorsqu'il a franchi l'entrée, Alec tourne à droite et se dirige vers le vaste paddock. À la porte, un policier l'arrête.

— Je désire voir Tom Messenger.

— Vous êtes propriétaire ? demande le policier.

— Oui.

Ce n'est pas un mensonge. « Après tout, pense Alec, il ne m'a pas demandé de quel cheval je suis propriétaire et s'il se trouve ici... »

Il pénètre dans le paddock et voit, rassemblés, tous les concurrents de la soirée. Il se dirige vers la rangée marquée « *Deuxième course* », où il sait que le poulain a le numéro huit. Quand il arrive à la stalle portant ce numéro, il trouve un jeune garçon en casaque de jockey et un vieux lad au crâne chauve qui, très affairés, sont occupés à boucler la sous-ventrière du poulain. Pour ne pas les déranger, il reste à quelques pas et se contente d'examiner Feu de Joie.

Un beau poulain, aux lignes élancées et d'une couleur assez étonnante. Il est facile de deviner pourquoi on lui a donné ce nom. Sa robe bai clair a en effet des reflets rouges qui contrastent avec sa crinière et sa queue noires, très fournies. Alec remarque sa tête petite, bien modelée, aux naseaux sensibles. Sans doute a-t-il chaud, car il n'arrête pas de s'ébrouer.

Le vieux lad lui ayant pressé une éponge sur la tête, Feu de Joie essaie d'attraper avec sa langue des gouttes de l'eau qui coulent le long de son chanfrein. Alec fait deux ou trois pas et salue d'un ton amical :

— Bonsoir.

Le lad continue son travail comme s'il n'avait pas entendu. Alors, le visiteur poursuit l'examen du poulain. Les jambes sont longues. Le poitrail et l'arrière-train ressemblent à ceux de Black. Par contre, l'encolure, plus courte, plus musclée que celle de l'Étalon Noir, est celle de la mère. Alec se souvient très bien de Rosie Queen. Il s'est occupé d'elle pendant les trois mois qu'elle a passés au ranch.

Soudain, Feu de Joie tourne la tête et fixe sur lui son regard jusque-là extrêmement mobile. Alec tend la main pour lui caresser le front. Mais le lad s'interpose.

— Qu'est-ce que vous voulez ? demande-t-il en faisant glisser son brin d'herbe d'une joue à l'autre.

— Excusez-moi, dit Alec. J'admirais votre poulain.

— Je sais. Reculez maintenant. Je peux pas travailler si vous êtes tout le temps dans mes pattes.

Alec recule.

— Vous voulez quoi ? répète le vieil homme.

Cette fois, sans laisser à Alec le temps de répliquer, il passe de l'autre côté de Feu de Joie et interroge le jeune garçon en casaque :

— Qu'est-ce que tu me disais, Tom ? Tu as l'impression qu'il s'est cogné le genou gauche dans le van[1] ?

— Un moment, je l'ai cru. Maintenant, je suis rassuré.

Tom Messenger se redresse. Dans son ample casaque blanche et rouge, il semble plus grand, plus lourd qu'il ne doit l'être en réalité. Comme il scrute Alec avec une expression interrogatrice, celui-ci explique :

— Je suis Alec Ramsay, le propriétaire de Black. Je voulais faire votre connaissance et voir ce poulain.

— Tiens, tiens ! J'ai lu pas mal d'articles sur vous.

Et s'adressant au vieux lad :

— George, vous avez devant vous le propriétaire du père de Feu de Joie. Il est jockey de galop.

— Peuh ! fait George. Le galop, c'est pas de la course. Pour courir, faut être assis sur

---

1. *Van :* fourgon servant au transport des chevaux de course.

un sulky, derrière le cheval. Tom, tu peux lui mettre maintenant sa couverture.

Alec sourit en caressant la tête du poulain. Son nom ne dit rien à George – pas plus que celui de Black : pour lui c'est seulement le père de Feu de Joie. Ce vieil homme est parfaitement étranger au milieu dans lequel Alec et Black vivent et courent.

— Jimmy Creech, reprend Alec, nous a écrit…

George et Tom s'arrêtent de travailler.

— Vraiment ? fait Tom Messenger vaguement inquiet. Pourquoi ?

— Rien de particulier, assure Alec. Mon associé au ranch, Henry Dailey, a reçu une lettre dans laquelle Jimmy disait, comme ça, en passant, que vous étiez à Roosevelt. Il nous conseillait de venir vous voir. Il a dû penser que nous aimerions assister à une course de Feu de Joie.

Apparemment soulagés, George et Tom Messenger se remettent au travail.

Alec ne se soucie pas de leur brusquerie. Après tout, il n'est venu que pour le fils de Black. Il voudrait pourtant leur demander pourquoi Feu de Joie a été entraîné si peu de temps avant la course… « Bah ! pense-t-il. Plus tard, ils me donneront peut-être une explication. » Il se tourne vers les autres chevaux. Tous, sous leurs couvertures, soufflent bruyamment.

George sort de la stalle.

— Tom, qu'est-ce que j'ai bien pu faire des pinces coupantes que j'ai apportées de l'écurie ? J'en ai besoin, tu sais bien, pour réparer ce rayon de roue.

— Elles sont dans votre poche.

— C'est ma foi vrai ! dit le lad en crachant sur le sol.

Et il tire les pinces de sa poche.

Dès qu'il a fini de réparer la roue du sulky, Alec lui demande :

— Vous savez sûrement qu'il est mauvais pour un cheval de rester immobile dans une stalle quand il a chaud ?

George tire la couverture presque jusqu'à la tête du poulain et riposte en redoublant de brusquerie :

— C'est comme ça qu'on fait chez nous.

Tom Messenger s'est de nouveau penché pour examiner le genou gauche de Feu de Joie. En entendant la remarque de George, il se redresse et, après un coup d'œil à Alec, il recommence à palper la jambe du poulain.

Alec décide de ne plus rien dire, bien que ce procédé appliqué devant lui soit contraire à tout ce que lui a enseigné Henry Dailey. Maintenant, sous le ciel noir, les projecteurs de l'hippodrome créent une immense zone de jour artificiel. Les tribunes gigantesques sont pleines. Sur la piste, Alec aperçoit huit chevaux qui, tenus par des lads et attelés à de légers sulkies, attendent en file indienne. Il voit les drivers s'asseoir sur les sièges, rassembler les guides, et les lads s'éloigner.

Il voudrait bien se mêler à la foule des spectateurs, car il n'a jamais assisté, en nocturne, à une course de trotteurs. Mais il est venu pour Feu de Joie. Il reste donc dans la stalle avec Tom et George.

Il s'approche encore de Feu de Joie lorsque le juge du paddock apparaît. Il sait, n'ayant pas d'autorisation, qu'il sera obligé de s'en aller si on lui demande ce qu'il fait à cet endroit… Soudain, George lui met dans la main un chiffon en disant :

— Au boulot, si vous voulez rester ici. Frictionnez-lui les jambes.

Vite, Alec se penche et frictionne les antérieurs du poulain. Le juge, après s'être arrêté un instant devant la stalle, poursuit son inspection.

— Merci, fait Alec à l'intention de George qui se trouve alors de l'autre côté du poulain. En fait, je n'avais pas l'intention de rester.

— Frictionnez-lui aussi les postérieurs, ordonne George.

Tom Messenger se contente d'obéir. À ce moment du moins, il n'ouvre pas une seule fois la bouche.

Alec commence à se sentir moins gêné. À quoi doit-il l'aide inattendue de George ? « Peut-être, songe-t-il, à ma seule allusion à Jimmy Creech… »

Tout à coup, il entend un bruit de moteur accompagné du roulement produit par de nombreux sabots. L'auto-start[1] vient de démarrer et les concurrents entament la première course de la soirée. Aucun bruit ne vient des tribunes. Petit à petit, le bruit du moteur grandit, couvre le roulement des sabots… Quelques secondes plus tard, ayant rempli son office, la voiture s'écarte de la piste. Il ne reste que le trot précipité des concurrents et les cris des drivers. Réveillées, les tribunes font entendre une clameur. Puis tout est dominé par la voix du

1. *Auto-start :* voiture spécialement équipée pour donner le départ de certaines courses de trot.

présentateur annonçant les positions respectives dans le premier tournant.

Tom sort de la stalle et tourne son regard dans la direction des tribunes et de la piste. Son long visage maigre est presque trop grave pour un garçon aussi jeune, et ses yeux brillent d'inquiétude. George s'approche de lui.

— Pourquoi, demande-t-il, tu ne prends pas une aspirine ?

— Trop tard, ça ne servirait à rien, répond Tom en revenant vers Feu de Joie.

George insiste :

— Arrête de te faire du souci pour ce qui n'en vaut pas la peine. Cette course ou une autre, c'est du pareil au même, voyons !

Tom réplique en baissant la voix :

— Vous savez pourtant ce que Jimmy attend de nous…

— Bien sûr que je le sais ! Mais, toi et le poulain, vous êtes capables de vous surpasser, comme en province. La seule différence est qu'il s'agit d'une nocturne. Essaie d'envisager les choses de cette façon et tout ira bien.

— Je ne voudrais pas décevoir Jimmy, surtout pas maintenant, reprend Tom toujours à mi-voix.

— Tu ne le décevras pas. Le poulain non plus.

Alec regarde le vieil homme qui, à cet instant, se tient à moins d'un mètre de lui. George a une expression qui dément nettement ses paroles. Lui aussi est très inquiet...

Le juge du paddock, son inspection terminée, reparaît.

— Attelez les chevaux, dit-il. Soyez prêts dans trois minutes.

George conduit Feu de Joie hors de la stalle et le fait reculer entre les brancards du sulky. Apercevant Alec, il le regarde avec surprise, comme s'il l'avait oublié.

— Si vous ne voulez pas être obligé de partir, lui dit-il, faites au moins semblant d'être occupé.

En silence, tous les trois bouclent les courroies aux brancards. Tom rassemble les guides. Enfin, George conduit Feu de Joie le long des stalles, tandis que Tom et Alec marchent près du sulky.

Alec comprend la nervosité de Tom. Que de fois, avant une course, il s'est senti lui-même dans cet état ! Bientôt, quand il aura pris place sur le sulky et que le poulain foulera la piste, Tom se calmera.

Les haut-parleurs transmettent la sonnerie de clairon qui invite les concurrents à gagner la ligne de départ. Un premier cheval pénètre sur la piste.

Tom s'assoit derrière le poulain bai clair.

— Tout va bien, George, dit-il. Vous pouvez le lâcher.

Le vieil homme s'écarte.

— Bonne chance, Tom.

— Bonne chance, dit aussi Alec.

— Merci, fait Tom en essayant, sans succès, de sourire.

Alec suit George jusqu'à un banc de bois placé près de la piste, et sur lequel plusieurs lads ont déjà pris place. De là, il pourra facilement observer Feu de Joie.

— Ne vous en faites pas trop pour Tom, dit-il. Je suis sûr que tout ira bien.

— J'en doute, répond George. Tom est plus qu'inquiet : angoissé. Il a été comme ça toute la semaine. Et son angoisse, il l'a communiquée au poulain. Pourvu qu'il ne fasse pas trop de bêtises dans cette course !

Alec ne peut poursuivre la conversation, car les haut-parleurs se font de nouveau entendre :

— Mesdames et messieurs, vous voyez en ce moment défiler les concurrents de la deuxième course. Cette épreuve est réservée aux trois ans qualifiés pour le Hambletonian qui sera couru à Goshen, État de New York, le 6 août. La course à laquelle vous allez assister est par conséquent une importante préparation à cette grande classique. Nous vous conseillons donc d'observer avec attention les concurrents. Le numéro un est Vif-Argent, poulain rouan, par Titan Hanover et Blue Maid. Il est drivé par Fred Ringo. Son propriétaire est M. Dick Frecan, de New York. Le numéro deux est Silver Knight, poulain gris, par Volomite et Gray Dream, driver Ray O'Neil, propriétaire M. Peter Coniver de Venice, Floride. Le numéro trois est Victor Boy, poulain brun, par…

Alec garde les yeux fixés sur les chevaux, sur leurs robes aux brillants reflets dans la lumière des projecteurs. Quel contraste avec les courses provinciales de trot qui, en général, ont lieu à l'occasion de foires où elles tiennent moins de place que les ventes de bestiaux ! Ici, la seule attraction est la course elle-même.

Pendant qu'Alec réfléchit ainsi, le présentateur en est arrivé au dernier concurrent :

— Le numéro huit est Feu de Joie, poulain bai clair, par Black et Rosie Queen, driver Tom Messenger, propriétaire M. Jimmy Creech, de Coronet, Pennsylvanie. Feu de Joie reparaît pour la première fois à Roosevelt, après y avoir gagné, l'an passé, en septembre, le championnat des deux ans.

Alec se tourne vers George.

— La distance jusqu'au premier tournant semble courte. Feu de Joie déboulera-t-il assez vite ?

George, les yeux rivés sur le poulain et sur Tom, ne répond pas.

Les chevaux font quelques canters[1] pour s'échauffer. Feu de Joie a des battues longues, égales, faciles, et ses muscles se gonflent sous sa robe luisante de sueur. Il ne semble accorder aucune attention aux autres poulains. Et l'on sent, aux mouvements impatients de sa tête, qu'il aurait voulu, en digne fils de Black, être libre d'agir comme il l'entend. Aussi Alec le contemple-t-il avec fierté.

— Qui doit-il battre dans cette épreuve ? reprend-il.

— Tous les autres, grommelle George.

Alec sourit.

— Vraiment, il n'y en a pas un qui…

— Non, tous les autres, répète George du même ton.

---

1. *Canter :* trot (ou galop) d'essai des chevaux de course.

Maintenant, les chevaux se placent, à la sortie du deuxième tournant, derrière une grosse voiture pourvue de deux ailes qui se déploient sur presque toute la largeur de la piste.

Le présentateur annonce :

— Les concurrents s'alignent derrière l'auto-start. Dorénavant, ils sont sous les ordres du starter.

Celui-ci, debout dans la voiture, donne, à l'aide d'un micro, ses instructions aux drivers. Feu de Joie, qui porte le numéro huit, est le plus à l'extérieur. La limousine s'ébranle, d'abord lentement. Puis elle accélère. Les chevaux suivent. Le signal du départ va être donné. Soudain, dans les tribunes, les lumières sont mises en veilleuse. La voiture accélère encore, replie ses ailes et s'écarte de la corde. La course commence !

Alec se dresse quand les chevaux s'approchent du premier tournant. D'une main rude, George le force à se rasseoir en bougonnant :

— Moi aussi, je voudrais voir !

Feu de Joie semble donner tout ce qu'il peut. Tom, dont la voix domine celle des autres drivers, le stimule sans répit, l'excite à dépasser les autres.

Cependant, chevaux et sulkies demeurent sur la même ligne. Dans le tournant, cette ligne continue de tenir bon. Puis soudain, le peloton commence à s'étirer. Tom a réussi : Feu de Joie se détache ! Malheureusement, son avance est encore très faible. Les rayons des roues scintillent. Tom maintient Feu de Joie à l'extérieur. C'est la seule façon de prendre la tête.

Plusieurs fois, George murmure tristement :

— Je l'avais prévu ! Tom demande trop. Il va asphyxier le poulain.

Alec se garde de faire le moindre commentaire. Sur toute la courbe du tournant, Tom maintient Feu de Joie à l'extérieur et multiplie les efforts pour conserver son avance. Mais les concurrents s'accrochent et semblent décidés à ne pas laisser le poulain bai clair s'échapper. Alec sait ce qu'il en coûte à n'importe quel cheval, surtout s'il est très jeune, de courir en pleine piste. D'autant plus que les autres ne lâchent pas pied ! Loin de là ! Ils talonnent Feu de Joie, le contraignent à s'épuiser.

Le premier tournant dépassé, quatre concurrents qui ont du mal à suivre se rabattent vers la corde. Évidemment, Feu de Joie ne figure pas parmi eux. Tom n'est toujours pas décidé à le laisser souffler. D'ailleurs, de lui-même, le poulain s'obstine à rester juste devant ses trois plus proches rivaux. Vers la fin de la ligne droite, le présentateur rompt le silence qu'il gardait depuis un moment :

— Voilà le deuxième tournant. Feu de Joie est légèrement en tête. Vif-Argent le suit. Le troisième est…

Alec arrête d'écouter. Il n'aime pas voir Feu de Joie, en tête, à l'extérieur. « Tom, estime-t-il, a eu tort de ne pas le placer dans le peloton plus près de la corde. De cette façon, il l'aurait ménagé pour la deuxième ligne droite. »

Il jette un coup d'œil à George, constate que le vieux lad, sans doute pour ne plus voir, a enfoui son visage dans ses mains. Puis son cœur bat quand il découvre que Feu de Joie, dans le tournant, prend une demi-longueur à Vif-Argent… mais au prix de quels efforts ! Et, obéissant aux injonctions de Tom, le poulain accélère encore !

Dans la deuxième ligne droite, il ne reste apparemment sur la piste que Feu de Joie et Vif-Argent. Depuis le début, le poulain rouan est demeuré en retrait. Il est donc plus frais que le fils de Black et a ménagé sa pointe de vitesse. Ensemble, les deux poulains ont laissé loin derrière eux les autres concurrents. C'est seulement quand ils passent devant les tribunes, que Tom décide d'accorder un peu de répit à Feu de Joie.

Il oblique un peu sur la gauche et place le poulain bai clair derrière Vif-Argent. Dans son for intérieur, Alec s'étonne. Comment Feu de Joie, dont les veines charrient le sang brûlant et agressif de l'Étalon Noir, peut-il se montrer si obéissant, si passif ? Mais sa résistance n'est-elle pas épuisée ? Disposera-t-il même d'une force suffisante pour couvrir la dernière moitié du parcours ?

Maintenant, George s'est redressé. Il observe les chevaux qui trottent dans sa direction et se rapprochent de seconde en seconde. Il a les larmes aux yeux et se mord les lèvres. Alec veut le rassurer :

— Il ira jusqu'au bout, j'en suis certain.

Le vieil homme ne répond pas.

Soudain, la foule hurle. Silver Knight vient de surgir à une vitesse incroyable. Il était l'un des quatre traînards restés groupés à la corde après le premier tournant. S'il ne flanche pas, il aura bientôt rejoint les premiers !

Le speaker déclare :

— Aux huit cents mètres, Vif-Argent mène. Feu de Joie est deuxième. Silver Knight, au prix d'un bel effort, se rapproche de Feu de Joie.

Alec a l'impression que Tom ne se rend pas clairement compte du danger. Un peu plus tard, quand il s'aperçoit que Silver Knight, à l'entrée du premier tournant, arrive sur sa droite, le jeune driver exige que Feu de Joie fasse appel à ses ultimes ressources. Et, comme il ne veut pas être coincé, il entreprend de se glisser à gauche de Vif-Argent. Mais le driver du poulain gris n'entend pas être empêché de dépasser les leaders. De la voix et du geste, il stimule vigoureusement Silver Knight et obtient ce qu'il veut.

Alec se lève quand Tom essaie de passer entre Silver Knight et Vif-Argent. Les roues des sulkies, moyeu contre moyeu, grincent. Feu de Joie tente de s'écarter du poulain gris, mais ne ralentit pas pour autant.

Les concurrents s'engouffrent dans le tournant. D'un geste machinal, Alec cherche l'épaule de George et y enfonce ses doigts. Silver Knight se rapproche encore de Feu de

Joie. Le brancard de son sulky heurte-t-il le poulain bai clair ? En tout cas, celui-ci fait un bond et, en même temps que Silver Knight, il s'abat dans un indescriptible fouillis de jambes frappant à droite et à gauche, et de sulkies fracassés.

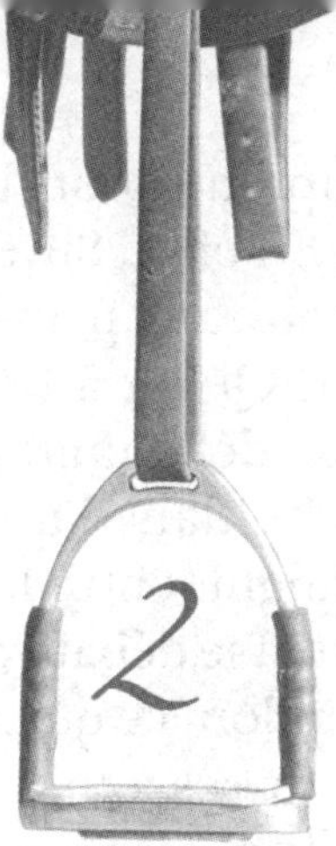

2 Ces « espèces de cochers » !

En même temps que les milliers de spectateurs entassés derrière lui dans les tribunes, Alec pousse un cri. Il sait, pour les avoir vus sauter de leurs sulkies à l'ultime seconde, que Tom et l'autre driver, Ray O'Neil, sont indemnes. Mais les poulains restent couchés sur le sol.

Dès que les autres concurrents sont passés, il se précipite le cœur battant et rejoint Tom et Ray O'Neil. Ceux-ci sont agenouillés près de leurs poulains. Feu de Joie essaie de redresser sa tête blanchie de sueur. Il y a, dans ses yeux, une peur sauvage, atroce.

Tom s'efforce de l'empêcher de bouger et lui maintient de son mieux la tête contre le sable de la piste. Alec comprend tout de suite pourquoi Tom agit ainsi. En effet, Silver Knight a déjà été dételé, et non sans peine, on l'aide à se remettre debout. Quant à Feu de Joie, après sa chute et en se débattant, il a enfoncé son antérieur gauche dans l'une des roues du sulky de Silver Knight, entre les rayons métalliques. S'il continue à se débattre, il risque de se sectionner un tendon, ce qui le rendrait infirme pour le reste de ses jours.

Alec s'agenouille près de Tom. De quel secours peut-il être ? Puis, tout à coup, il a une idée. Il cherche George. Le vieil homme se tient à quelques mètres, le regard fixe. Alec court à lui.

— Tout à l'heure, dans le paddock, vous avez utilisé des pinces coupantes. Qu'en avez-vous fait ?

Le lad ne répond pas. Est-il en état de comprendre ? Alec lui palpe les poches. De l'une d'elles, il tire les pinces coupantes et, en trois enjambées, il revient près de Tom.

— Essaie de l'empêcher de s'agiter.

Alors, il se met à l'ouvrage. Avec prudence, il coupe d'abord un rayon, puis deux... Quand il veut attaquer le quatrième, il hésite : le poulain bouge. Va-t-il recommencer à se débattre ? Mais Tom parvient à le maîtriser.

Aussitôt, Alec coupe le quatrième rayon et, sans plus attendre, avec les gestes délicats et sûrs d'un chirurgien, il libère la longue jambe musclée.

Tout de suite, avec l'aide de Tom, il force le poulain à se relever. Sa robe, ternie par le sable, ne scintille plus à la lumière des projecteurs et son corps est secoué par un tremblement violent.

Depuis quelques instants, de nombreux membres du personnel de l'hippodrome ont envahi la piste. Ils ont manifestement hâte qu'elle soit dégagée pour la prochaine épreuve. Quand ils ont éloigné Silver Knight, ils s'approchent de Feu de Joie et de Tom Messenger. Ils font marcher et trotter le poulain. Alec éprouve un immense soulagement en notant que Feu de Joie ne boite pas.

Brusquement, George surgit et se faufile jusqu'à Feu de Joie. Il semble avoir retrouvé ses facultés.

Quand le groupe entier s'ébranle, Alec le suit, traverse la piste derrière lui, puis le paddock. C'est seulement à cet endroit que les membres du personnel se dispersent, laissant seuls Tom et George avec leur poulain. Dès que Feu de Joie est dételé, Tom l'emmène vers son box, et Alec aide George à traîner la légère voiture, d'ailleurs fortement endommagée.

— Merci pour ce que vous avez fait, dit George.

Alec préfère parler d'autre chose :

— Je crois que, dans tout cela, il y a eu plus de peur que de mal.

— C'est ce que pense Tom. Je reconnais qu'il y avait de quoi trembler. C'était pas beau à voir !

— Ça ne vous ennuie pas que je vous accompagne ? demande Alec.

— Mais non, voyons, fait George aimablement.

Après une centaine de mètres, ils franchissent une large porte et débouchent sur les écuries, longs bâtiments jaune et vert dans la clarté des projecteurs. Et quel contraste avec les bruits parfois assourdissants de la piste ! Ici, le silence règne. Il n'est rompu que par la voix d'un lad ou le hennissement d'un cheval.

Ils passent devant presque toutes les écuries et s'arrêtent devant l'une des dernières. Pendant cette marche de plusieurs minutes, Alec n'a pas cessé d'observer Feu de Joie. Non, il ne boite pas. Mais, de temps à autre, n'est-il pas parcouru de tressaillements ? Or, un poulain qui a été effrayé pose quelquefois plus de problèmes qu'un poulain blessé...

Lorsque le sulky a été échangé contre un neuf, et celui-ci rangé sous l'appentis contigu à l'écurie, Alec ne s'intéresse qu'à Feu de Joie et à Tom. Ce dernier, malgré le choc qu'il vient d'éprouver, ne renoncera sûrement pas à courir. Mais le poulain en sera-t-il encore capable ? On ne le saura que lorsqu'il pénétrera de nouveau sur une piste...

Dès que Tom a débarrassé Feu de Joie de son harnais, Alec et George procèdent au pansage. Durant toute cette opération, ils n'ouvrent pas la bouche. Ensuite, tandis que Tom fait marcher le poulain, ils entreprennent de nettoyer le harnais. C'est alors que George dit à Alec :

— Si vous écrivez à Jimmy Creech, vaudrait mieux ne pas lui parler de ce qui s'est passé ce soir.

— S'il l'apprend, ce ne sera pas par moi. Jimmy est l'ami de Henry. Je ne le connais même pas.

— Oh ! vous pouvez tout dire à Henry Dailey.

— Très bien.

Alec ne reprend la parole qu'au moment où il finit d'astiquer la bride :

— George…

— Ouais ?

— Ça ne vous ferait rien si je restais ?

— Jusqu'à demain ?

— Non, plusieurs jours.

— Vous cherchez un emploi ?

— J'en ai un. Mais on n'a pas besoin de moi au ranch, en ce moment.

George réfléchit en mâchonnant son brin d'herbe, puis répond :

— D'accord.

Alec se détourne et observe Tom qui ramène Feu de Joie. Le poulain n'a plus son regard effrayé. Pourtant, que se passera-t-il lorsqu'il reparaîtra sur un hippodrome ?… « C'est pour ça, songe Alec, qu'il ne faut pas que je parte… »

— Tom, annonce George, Alec va rester avec nous plusieurs jours.

Tom a le sourire de quelqu'un qui offre son amitié.

— Je suis content que tu restes, Alec.

Il ajoute en montrant Feu de Joie :

— Tu veux le promener ? Je crois qu'il n'a plus peur.

— Je le crois aussi, répond Alec en prenant le licol.

*
* *

Cette nuit-là, il couche sur un lit de camp, dans la sellerie, près du box de Feu de Joie. L'un des deux autres lits est occupé par George.

Au bout d'un moment, une conversation s'engage dans l'obscurité.

— Tom est sorti, explique George. Je crois qu'il va faire une longue marche. Il doit réfléchir.

— Vous voulez sans doute parler de la façon dont il a drivé ce soir ?

— Sûrement. Mais aussi du passé… et de l'avenir.

Après un assez long silence, le vieil homme ajoute :

— Tom n'ignore pas que Jimmy a attendu pendant cinquante ans un poulain de la qualité de Feu de Joie… un poulain capable de gagner le Hambletonian. Vous savez ce qu'est le Hambletonian ?

— C'est le critérium, la course la plus importante pour les trotteurs de trois ans, non ?

— C'est ça et c'est plus que ça. D'ailleurs, pour les chevaux de galop, vous avez l'équivalent.

— Le Kentucky Derby, dit Alec à mi-voix. Inutile de me donner d'autres explications.

— Ils ne sont pas nombreux ceux d'entre nous qui peuvent espérer gagner le Hambletonian. Avec Feu de Joie, Jimmy se sent près de réussir. Nous aussi, Tom et moi, nous en sommes persuadés.

— Ceci expliquerait que Tom ait voulu… en quelque sorte… faire trop bien ce soir ?

— Exactement. Mais pas pour lui, ni même pour le poulain. Il pense avant tout à Jimmy. Il sait qu'il est malade et qu'il n'aura probablement pas le temps de découvrir un autre poulain et surtout de le hisser jusqu'au Hambletonian.

— Tom a un lourd fardeau sur les épaules, observe Alec.

— Et comment ! J'essaie de le conseiller. Il ne veut pas m'écouter. Il est têtu comme une mule.

— Et Jimmy est sans doute trop malade pour venir surveiller l'entraînement ?

— Il est si malade que les médecins lui interdisent de sortir de chez lui. L'année dernière, il a été opéré. Il ne lui faut pas d'émotions. Et puis, il déteste les courses nocturnes.

— Alors, comment se fait-il que vous soyez ici ?

— C'est Tom qui a voulu. Il estime que les épreuves en province ne sont pas pour Feu de Joie une préparation suffisante au Hambletonian. Alors, il a écrit à Jimmy qui l'a autorisé à séjourner deux semaines à Roosevelt avant que nous nous rendions à Goshen. Maintenant, je ne vois pas ce que je pourrais encore vous raconter.

— En tout cas, reprend Alec, la course de ce soir a été un bien mauvais commencement !

— Si vous croyez que Tom ne s'en rend pas compte ! C'est pourquoi il est allé faire une bonne marche. Il veut réfléchir, trouver le moyen de réussir et de donner satisfaction à Jimmy.

— Réfléchir est une excellente chose, dit Alec. Mais tout change quand on est assis sur le sulky. Les plans qu'on a bâtis risquent de s'effondrer en quelques secondes.

— Vous avez raison, Alec. Moi, je raisonne comme un vieux. Ah ! si j'avais l'âge de Tom !

— Vous savez bien que les poulains comme Feu de Joie sont rarement drivés par des jeunes. On les confie en général à des hommes qui ont de l'expérience, comme Jimmy Creech, ou mon ami Henry Dailey.

En se retournant soudain sur son lit, George le fait craquer.

— Ce qui est sûr, déclare-t-il, c'est que Jimmy ne nous sera d'aucune utilité avant le Hambletonian. Dans ce cas, pourquoi Henry Dailey ne nous rejoindrait-il pas ici ? Il serait peut-être capable de mettre un peu de plomb dans la tête de Tom.

— Ça m'étonnerait, fait Alec. De toute façon, Henry est trop occupé.

À partir de ce moment, la conversation languit, puis cesse. Alec est sûr que Henry Dailey ne se déplacera pas, d'autant plus qu'il ne s'est jamais intéressé au trot. En outre, une heure auparavant, quand Alec lui a téléphoné pour lui demander, s'il écrivait à Jimmy Creech, de ne pas faire allusion à l'accident dont Feu de Joie a failli être victime, Henry s'est montré catégorique :

— Sois tranquille. Primo, je ne m'occupe pas des problèmes de Jimmy. Secundo, je n'aime pas le trot. Et je n'ai pas une estime particulière pour ces espèces de cochers qui se font traîner en petite voiture ! Si j'ai un conseil à te donner, ne te mêle pas de leurs affaires !

Alec ferme les yeux. Il pense à Tom qui, à ce moment, arpente la campagne ou la ville, et à George qui, ne trouvant pas le sommeil, se tourne et se retourne sur son lit. Bien qu'il les connaisse depuis peu de temps, il a l'impression de les comprendre comme des amis de toujours, même Jimmy Creech qu'il n'a pourtant jamais rencontré. Tous des « espèces de cochers », comme dit Henry… N'empêche qu'il se sent désormais tenu de les aider. Et ce n'est peut-être qu'un commencement !

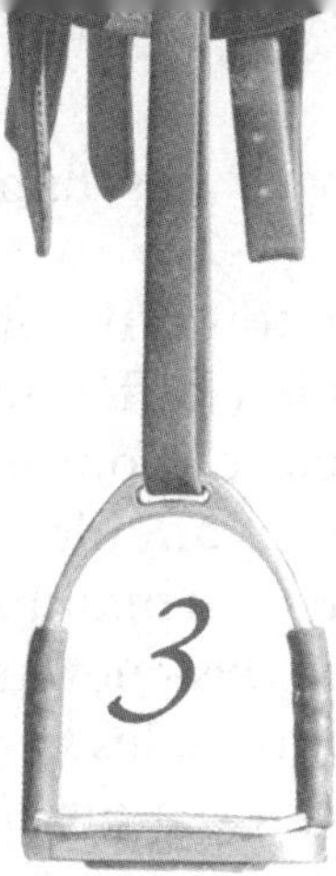

3

Entraînement

Le lendemain matin, de bonne heure, quand Feu de Joie a été pansé, nourri et abreuvé, Alec, Tom et George vont prendre leur petit déjeuner à la cafétéria de l'hippodrome. Alec est le seul à commander un repas copieux. George se plaint de maux d'estomac, « comme ceux de Jimmy », ajoute-t-il. Tom déclare qu'il n'a pas faim.

Alec observe le jeune driver de Feu de Joie. Tom est de ces garçons dont les yeux trahissent les émotions. Or, dans les yeux de Tom, il lit la même anxiété que la veille.

— Tu as tort de ne pas manger, remarque-t-il.

— J'ai déjà dit que je n'avais pas faim, réplique Tom avec irritation.

George les regarde tour à tour. Ils ont l'air de deux poulains, mais bien différents de taille, d'aspect et de caractère. Tom est grand, osseux, le visage blême et anguleux, les cheveux très noirs. Visiblement, il manque de maturité. Au contraire, Alec, les cheveux blond-roux, trapu, les épaules larges, les hanches étroites, les jambes musclées, a atteint le maximum de sa vigueur. Mais surtout, il a dans les yeux une expression de confiance en l'avenir qui paraît inébranlable.

— Ne lambinons pas ici, dit soudain Tom. Je vais entraîner le poulain.

Alec s'arrête de manger.

— Pourquoi ne le laisses-tu pas se détendre un peu ? Il faudrait qu'il ait la possibilité d'oublier ce qui s'est passé hier soir.

Tom gronde, avec une lueur de colère dans les prunelles :

— Ici, Alec, c'est moi qui commande. Si tu veux rester avec nous, laisse-moi agir comme je l'entends. Je mangerai quand j'en aurai envie. Et j'entraînerai le poulain chaque fois que je l'aurai décidé.

Il ajoute en se levant :

— Venez me rejoindre aux écuries.

Arrivé à la porte, il se retourne.

— Excuse-moi, Alec. Je ne voulais pas être désagréable. Je sais bien que tu ne penses qu'au poulain, toi aussi. Mais il faut absolument que je sache s'il va continuer à se comporter comme hier. Tu devrais me comprendre.

— Oui, je te comprends. Je voulais simplement te conseiller d'attendre un peu. Les poulains oublient, à condition qu'on leur en donne le temps. En reprenant l'entraînement trop tôt, tu risques des ennuis.

Tom élève de nouveau la voix :

— Le temps, c'est justement ce qui me manque ! Il faut que je sois renseigné tout de suite.

Et Tom sort de la cafétéria. Alec laisse s'écouler une dizaine de secondes avant de dire à George :

— Manquer de temps ! Vous ne trouvez pas ça bizarre dans la bouche de quelqu'un qui a à peu près mon âge ?

Le lad hoche la tête.

— C'est ce que je vous disais hier soir. Tom ne pense qu'au Hambletonian qui a lieu dans deux semaines.

— Ah ! oui, c'est vrai.

À leur tour, ils sortent de la cafétéria. Dans l'allée des écuries, ils croisent des chevaux qu'on conduit à une piste spéciale, réservée à l'entraînement. L'activité, à l'hippodrome Roosevelt, commence et ne prendra fin que lorsqu'on éteindra, au milieu de la nuit, les projecteurs géants.

George et Alec trouvent Tom qui, comme promis, les attend. Feu de Joie est déjà attelé. Alec le caresse, l'examine : apparemment aucune blessure. Quant à ses yeux, ils sont clairs, sans la moindre trace de frayeur.

Le poulain paraît surtout impatient de suivre les chevaux qui passent près de lui et se rendent sur la piste.

— Eh bien, allons-y, dit Tom en s'asseyant sur le siège du sulky. Vous venez, George ?

— Non. Je reste pour faire un peu de nettoyage. Emmène plutôt Alec.

Tom se déplace de quelques centimètres.

— Monte, Alec. Autant économiser tes jambes.

Alec s'installe tant bien que mal sur le siège étroit, et Tom ajoute en riant :

— Heureusement que nous ne sommes gros ni l'un ni l'autre !

Ils démarrent, traversent les parkings déserts à cette heure de la journée. À droite, et à l'extrémité des tribunes et de la piste principale, se trouve la piste de huit cents mètres réservée à l'entraînement.

Alec remarque les oreilles pointées de Feu de Joie, sa tête haute. Son corps se meut souplement entre les brancards et sa robe bai clair reflète la lumière du matin. En somme, un poulain dans une forme qui semble parfaite… « C'est comme s'il n'y avait pas eu d'accident, pense Alec. J'ai peut-être tort de rester. Henry préférerait sans doute m'avoir avec lui ! »

Il descend du sulky à l'entrée de la piste et va s'asseoir sur un banc. Il voit Tom conduire Feu de Joie vers un groupe de chevaux qui flânent au petit trot dans le mauvais sens de la piste. Dans le bon, d'autres chevaux s'entraînent déjà sérieusement. Leurs sabots martèlent le sol, leurs poitrails sont blancs de sueur.

Pour leur abandonner toute la place dont ils ont besoin, Tom maintient Feu de Joie le long de la barrière. Le poulain n'accorde aucune attention aux chevaux qu'il croise. Il se contente de trotter sagement, posément, sans exiger d'être libéré de la contrainte des guides. Il sait, à n'en pas douter, qu'on n'exigera de lui tout ce dont il est capable que lorsqu'il aura fait demi-tour et s'engagera dans le bon sens de la piste.

En le voyant trotter avec tant de régularité, Alec ne peut s'empêcher de penser : « Ah ! si Tom pouvait le laisser tranquille, au moins aujourd'hui ! Je suis certain que, dès demain, il aurait retrouvé l'assurance qu'il a perdue hier. » Mais il n'a pas oublié ce que Tom a dit à la cafétéria. Alors, à quoi bon rêver ? Tom, sûrement, n'en fera qu'à sa tête…

Comme il le prévoyait, après six cents mètres, Tom fait faire demi-tour à Feu de Joie et l'amène au centre de la piste. Si quelque chose de grave doit se produire, c'est maintenant ou jamais. Au moins, Tom saura à quoi s'en tenir…

Feu de Joie parcourt la ligne droite sans forcer. Les chevaux les plus rapides le rejoignent et le dépassent. Le poulain, sans leur prêter attention, continue à la même allure.

Peu après, Tom détend un peu les guides. Aussitôt, le poulain accélère. Alec devine le plan du jeune driver : puisque Feu de Joie n'a pas bronché quand les autres l'ont dépassé, il veut le pousser jusqu'à ce qu'il leur rende la politesse.

Toujours aussi calme, Feu de Joie double les autres sans les regarder, comme s'ils n'existaient pas. Puis il se détache irrésistiblement. Alec le suit des yeux jusqu'au deuxième tournant. C'est seulement à ce moment-là, c'est-à-dire à l'entrée de la dernière ligne droite, que Tom contraint le poulain à ralentir. Immédiatement, les autres chevaux essaient de le rejoindre.

Alec sent sa gorge se serrer. Il sait que l'expérience en cours peut être pour Feu de Joie la dernière...

Les chevaux le talonnent. Parmi eux, il y a une jument noire. C'est elle qui se révèle la plus acharnée. Bientôt, elle se trouve à droite du poulain, côte à côte avec lui. Feu de Joie tourne légèrement la tête vers elle. Cependant, ses foulées restent aussi sûres, aussi rapides, aussi efficaces.

Alec se prend à murmurer, à l'intention de la jument noire :

— Fonce, fonce ! Dépasse-le !

Peu après, il se rend compte que Tom a de nouveau détendu les guides. Car c'est Feu de Joie qui fonce, à tel point que la jument noire ne parvient pas à le remonter. Et elle le serre de très près !

Alec ne peut s'empêcher de dire tout haut :

— Tom, tu es fou !

Cette situation se prolonge pendant cinq ou six secondes. Soudain, le poulain fait, de biais, un bond prodigieux pour s'écarter de la jument. Le sulky oscille, manque de se renverser. Mais Tom réussit à demeurer sur le siège et à s'arrêter. Il tremble presque autant que Feu de Joie.

Alec se dresse, court à eux. Il est persuadé que Tom, par son impatience, a compromis gravement la carrière d'un poulain de grande valeur.

En silence, ils reconduisent Feu de Joie à l'écurie. Alec se garde bien d'accabler Tom. Celui-ci a d'ailleurs une expression désespérée, comme devant un problème insoluble.

George n'a pas besoin de les interroger. Il lui suffit, pour comprendre, d'un coup d'œil à leurs mines assombries. Tout de suite, il dételle Feu de Joie et, après l'avoir bouchonné, il lui pose sur le dos une couverture. Puis il regarde autour de lui. Il est seul avec Alec, qui s'occupe à essuyer le harnais.

— Laissez ça, lui dit le lad. Et allez promener le poulain. Aujourd'hui, mes jambes me font mal. Toujours ces satanés rhumatismes !

Le poulain ne tremble plus et il a cessé de rouler des yeux effrayés. Brusquement, George demande :

— Est-ce que Tom l'a trop poussé ?

Alec fait « oui » de la tête et ajoute :

— C'est malheureux, car il allait très bien.

Une demi-heure plus tard, tandis qu'Alec promène encore Feu de Joie, Tom le rejoint.

— Tu veux que je te remplace ?

— À quoi bon ? Il est presque sec, répond Alec.

Il n'en veut plus à Tom. Après tout, celui-ci n'est pas à blâmer. Il n'y a qu'un coupable : Jimmy Creech, l'homme qui a confié à un jeune driver l'écrasante responsabilité d'entraîner un poulain exceptionnellement émotif.

— Je reconnais, reprend Tom, que tu avais raison… Oui, dans ce que tu m'as dit à la cafétéria.

— Ce dont je suis sûr, Tom, c'est que je ne suis pas plus compétent que toi. L'entraînement des poulains est difficile. C'est un métier. On ne l'acquiert qu'après des années de travail et de tâtonnements.

Tom murmure :

— Si je comprends bien, tu renonces à m'aider. Dans ce cas, je ne vois pas qui en serait capable…

— Si, il y a quelqu'un : Jimmy Creech.

Tom secoue la tête.

— Impossible de faire appel à lui. Il est trop malade.

Tom ne rouvre la bouche que lorsque Feu de Joie a été enfermé dans son box :

— Tu nous as parlé de Henry Dailey, qui est un ami de Jimmy. Il pourrait peut-être nous aider. Tu devrais le lui demander, Alec.

— Il ne viendra pas. D'ailleurs, il n'aime guère le trot.

— Mais il aime les chevaux.

— Bien sûr.

— Il pourrait faire ça pour Jimmy ?

— J'en doute. Tu comprends…

— Je t'en prie, Alec, téléphone-lui. Demande-lui de venir un jour… un jour seulement pour qu'il me dise ce que je dois faire. Il faut absolument que je coure le Hambletonian avec Feu de Joie.

Alec examine un instant le visage de Tom, puis répond :

— D'accord. On va au moins essayer. Viens.

Une minute plus tard, il entre dans la cabine téléphonique des écuries et demande le numéro de Henry Dailey. C'est seulement après une longue attente qu'il obtient la communication.

— C'est moi, Henry. Oui, moi. Alec…

— Salut, Alec. Tu rentres ?

— Pas encore.

— Alors, quand ? J'espère que ces types… J'espère que tu ne t'intéresses pas trop à leurs affaires ?

Alec n'hésite qu'un court moment. De toute façon, il est trop engagé pour faire marche arrière.

— D'une certaine façon, si, je m'y intéresse.

— Comment ça ?

— Je veux parler de Feu de Joie, le poulain. Il nous a fait encore presque un drame ce matin à l'entraînement. Il a peur de tout ce qui vient sur sa droite. Il faudrait que quelqu'un nous conseille… d'autant plus qu'il est engagé dans le prochain Hambletonian.

Comme Henry Dailey se tait, Alec insiste :

— Henry, tu m'entends ? Tu es toujours là ?

— Oui.

— C'est un poulain remarquable. Il te suffirait de le voir pour l'aimer.

— Je te crois sur parole.

— Qu'est-ce que tu veux dire, Henry ?

— Que je n'ai pas l'intention de le voir.

Alec reprend, après avoir jeté un coup d'œil à Tom :

— Je savais, Henry, que tu me ferais cette réponse.

— En fait de conseil, voilà celui que je te donne : reviens au ranch. Laisse ces gens-là entre eux. Le trot c'est bon pour Jimmy Creech et ses semblables, pas pour nous.

— Henry ?

— Je t'écoute.

— Souvent, tu m'as dit que, quand on aime les chevaux, on les aime tous, quels que soient leur aspect, leur origine, leur spécialité !

Alec a prononcé ces derniers mots avec une véhémence qui ne lui est pas habituelle.

— Tu as tort de te mettre en colère, dit Henry Dailey. Qu'est-ce que tu attends donc de moi ?

— Que tu viennes ici et que...

— Je ne veux pas, interrompt Henry, m'occuper d'un cabochard comme celui-là. Quand tu es parti, je t'ai dit d'être prudent. Je te le répète !

— Ce cabochard, Henry, tu oublies que c'est un produit de Black !

— C'est vrai. Mais sa mère est une jument demi-sang. Il y a tout de même une différence.

— En attendant, insiste Alec, c'est toi, Henry, qui es responsable de la naissance de Feu de Joie. Tu as accepté que la jument vienne à notre ranch et qu'elle soit présentée à Black.

— J'ai fait ça pour rendre service à Jimmy Creech, qui est un vieil ami. Ça ne signifie pas que j'aime le trot.

— Personne ne te demande de l'aimer. Nous te demandons seulement de nous aider à corriger Feu de Joie de ses défauts.

— Que Jimmy se débrouille. D'ailleurs, pour ce genre de travail, il est à la hauteur.

— Il est malade. Il te l'a dit dans sa lettre.

— Alors, qu'il envoie quelqu'un d'autre. Ne te fais pas de bile, Alec. Jimmy enverra quelqu'un qui sera plus compétent que moi.

Après une courte pause, Henry Dailey ajoute :

— Et toi, Alec, laisse tomber et rejoins-moi au plus vite.

Alec réplique à mi-voix :

— Je ne peux plus laisser tomber. Henry. Je reste. Au revoir.

Il raccroche, sans savoir si Henry Dailey a entendu. Mais, après tout, il s'en moque.

Tom est demeuré près de la porte entrouverte de la cabine. Il a donc pu suivre la conversation. Les deux garçons regagnent cependant l'écurie dans le plus profond silence.

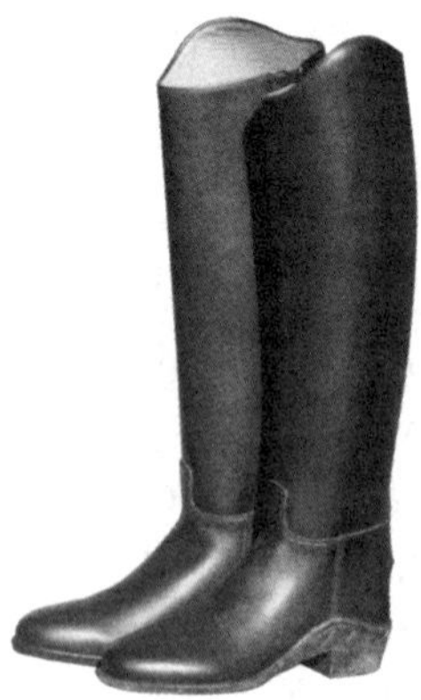

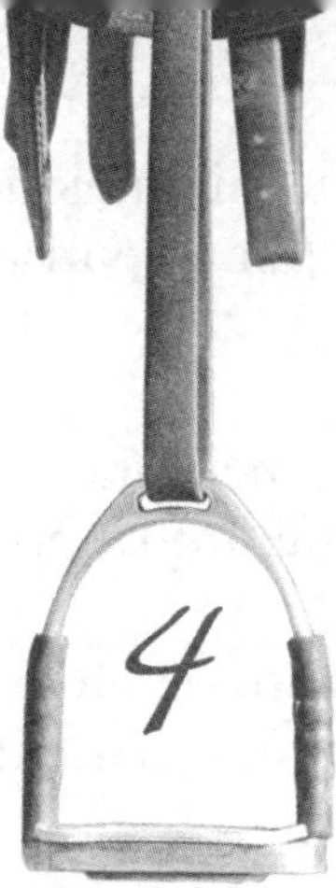

4 Un grand risque

Le lendemain, il n'y a pas d'entraînement pour Feu de Joie. Alec et Tom le laissent se reposer. Puis, dans l'après-midi, ils le conduisent au pâturage.

Au bout d'une minute, tandis que le poulain broute, Tom dit avec tristesse :

— Je me suis demandé comment on pourrait se tirer de cette situation. Je ne vois pas d'issue.

— Moi, répond Alec, je ne me suis posé qu'une question : qu'est-ce que ferait Henry s'il était ici ?

— Alors ?

— Eh bien, je crois qu'il attendrait quelque temps avant de remettre Feu de Joie à l'entraînement avec d'autres chevaux.

Tom secoue la tête.

— Si on applique cette méthode, il faudra rayer le Hambtetonian de notre programme.

— Tu as raison. Malheureusement, Henry croit qu'avec les poulains, il faut être patient, ne jamais précipiter les choses.

— Sans doute, mais quand il y a urgence ? N'oublie pas, Alec, que Feu de Joie doit courir ici, avant de participer au Hambletonian.

— Est-il vraiment nécessaire qu'il coure ici ?

— Oui. Sans ça il risque de manquer de compétition. Si ce n'était pas nécessaire, on serait restés à Coronet.

Après quelques instants, Alec reprend la parole :

— Je sais ce que ferait Henry s'il devait résoudre ce problème.

— Alors ? demande Tom.

— Il mettrait à Feu de Joie une œillère, une seule. Il n'aime pas ce moyen. Mais, s'il le fallait, il l'utiliserait.

— Jimmy, lui non plus, n'aime pas ça. Pourtant, je suis sûr qu'il emploierait ce moyen… bien que, selon ses idées, un cheval ne devrait jamais subir d'autre contrainte qu'un simple bridon.

Alec précise :

— Il ne s'agirait pas d'une œillère fermée qui rendrait le poulain aveugle de l'œil droit. Il ne supporterait pas d'être borgne, même provisoirement.

Tom paraît reprendre espoir.

— Je crois que tu es dans le vrai, Alec. Une œillère, oui, qui l'empêcherait de voir derrière lui et sur sa droite, mais qui le laisserait voir devant lui. Je ne crois pas que ça le gênerait.

— Dès demain, on peut essayer. Si ça marche, tu reprendras l'entraînement et tu participeras ici à quelques courses avant le Hambletonian.

Une minute plus tard, comme ils ramènent Feu de Joie vers son écurie, Alec se frappe le front.

— J'allais oublier. Est-ce que tu peux me procurer un cheval et un sulky pour demain ? Je voudrais vous accompagner sur la piste.

— Ce n'est pas difficile, dit Tom. Je vais m'en occuper.

Ensuite, jusqu'à l'écurie, ils restent silencieux. Alec réfléchit au remède qu'il vient de préconiser. Et il se demande si, en fin de compte, il sera efficace…

*

* *

Le lendemain matin, le soleil est déjà brûlant quand Feu de Joie est extrait de son box. Il porte la bride neuve où a été fixé un morceau de cuir qui doit limiter la vision de son œil droit. La veille, à la fin de l'après-midi, pour l'habituer, Alec et Tom l'ont promené, équipé de cette façon, pendant une demi-heure.

Quand il a vu l'œillère, George a fait la moue et haussé les épaules. Ayant travaillé plus de trente ans pour Jimmy Creech, il sait ce que celui-ci pense des moyens de ce genre.

George aide Tom à atteler Feu de Joie. Alec, lui, attend à une dizaine de mètres. Il a déjà pris place sur un sulky prêté, ainsi que le hongre brun qui le traîne, par un propriétaire dont les chevaux occupent une écurie voisine.

Dès que Tom est installé sur son propre sulky, il demande à George :

— Vous assistez à l'entraînement ce matin ?

— Oui, répond le lad.

Tom se tourne alors vers Alec.

— Allons-y.

Alec pousse le hongre brun devant Feu de Joie et prend la direction de la piste. Au cours de sa carrière, il n'a conduit des sulkies qu'en de rares occasions et en général pour s'amuser, mais toujours avec de bons chevaux. Or, par une sorte de malchance, le hongre qu'on lui confie aujourd'hui est trop robuste, trop lourd, et surtout il possède une bouche d'une dureté ! « Bah ! se dit-il, je trouverai bien le moyen de lui faire jouer son rôle. »

À la porte de la piste, il s'arrête. Tom, en le dépassant, lui jette :

— Allure réduite, en sens contraire, sur mille six cents mètres. Ensuite, dans le bon sens, on lâche tout.

Alec fait signe qu'il a compris et se lance dans le sillage de Tom. Feu de Joie trotte à la perfection et ne semble gêné en aucune façon par l'œillère. Alec sent ses derniers doutes sur le point de s'envoler. Après tout, l'expérience va peut-être réussir.

Cependant, en parcourant la piste, il a peu souvent l'occasion d'observer le poulain bai clair. Il est surtout occupé à maîtriser le hongre brun, à lui apprendre à obéir aux ordres que lui transmettent les guides. À la fin des mille six cents mètres, il croit pouvoir se flatter d'avoir enfin imposé sa volonté à ce pesant animal qui ne paraît respecter que la force.

Tom, comme il l'a annoncé, s'arrête, laisse passer un groupe de chevaux lancés à pleine vitesse, puis fait demi-tour. Alec le suit, en se plaçant derrière Feu de Joie et légèrement sur sa droite. Tom lui crie :

— À gauche ! À gauche !

Alec refuse d'un geste et maintient le hongre à la place qu'il occupe. Il pense que le moment n'est pas encore venu de se rapprocher. Il attend la deuxième ligne droite. Là, quand il est certain que le bruit sourd produit par les sabots du hongre n'indisposera pas Feu de Joie, il commence d'obliquer.

Le poulain ne prête apparemment aucune attention au cheval qui arrive sur sa droite. Pourtant, s'il ne le voit pas, il l'entend. Il n'en continue pas moins à trotter la tête haute, avec facilité et souplesse, en gardant une allure rapide et régulière. Tom se réjouit : l'œillère joue bien son rôle ! De la voix, à plusieurs reprises, il invite Alec à le dépasser.

Celui-ci se décide dans le deuxième tournant. Il a quelque peine à amener le hongre brun à la hauteur du poulain. Pendant cette opération, il est si ému qu'il ose à peine respirer. À partir de ce moment, les deux chevaux trottent de front, presque tête contre tête. Plusieurs secondes s'écoulent. Feu de Joie n'a rien changé à son allure.

Donc, l'œillère est efficace, et à la rigueur, on peut estimer que le pire a été évité. Il ne reste plus qu'à dépasser Tom et son poulain…

Pour cela, Alec détend les guides autant qu'il le peut. Le hongre brun s'élance, gagne en quelques secondes deux mètres, de sorte que Feu de Joie, maintenant, le voit…

Alors, soudain, c'est une succession d'événements dont Alec ne put jamais se souvenir avec netteté.

À l'instant où le problème paraît résolu, Feu de Joie fait un bond prodigieux qui effraie le hongre, lequel bondit lui aussi. Malgré les efforts d'Alec pour le retenir, le puissant cheval brun décrit un large demi-cercle sur la droite, puis revient se placer dans le sillage de Feu de Joie qui fuit, traînant un sulky… sans driver !

Car Tom est étendu sur la piste, et juste devant Alec. Celui-ci tire sur les guides de toute sa vigueur pour arrêter son cheval. Trop tard ! Et, de cette scène, il ne garde qu'une image : Tom qui, la bouche ouverte, semble supplier, et essaie, dans un geste pitoyable, d'écarter les sabots qui vont l'écraser.

*

* *

Une heure plus tard, après avoir promené et pansé le poulain, Alec attend, dans la pénombre de l'écurie, le retour de George. Le lad a pris place dans l'ambulance qui conduisait Tom à l'hôpital. Il ne va sans doute pas tarder à revenir. Mais quelles nouvelles apportera-t-il ? Alec a beau se répéter que les accidents sont fréquents, qu'ils font partie de l'existence de ceux qui se consacrent aux chevaux, il ne peut maîtriser l'inquiétude qui grandit en lui. Tout à coup, il sursaute en entendant un pas à l'extérieur. Puis George apparaît sur le seuil et annonce, sans préambule :

— Fracture. Rien d'autre. Ça aurait pu être plus grave. Faites pas cette mine, Alec. Faut jamais dramatiser.

— Il aurait pu être atteint à la tête, dit Alec. C'est ce que je craignais.

— Ce ne sont pas les sabots du hongre qui sont responsables. Peut-être le sulky. On ne sait pas. En tout cas, plus de Hambletonian pour Tom ni pour Feu de Joie.

— Ni pour Jimmy Creech…, murmure Alec.

— Ça va être très dur pour Jimmy. Mais plus dur encore pour Tom. Le médecin dit qu'il en a pour trois mois. Afin de le rapprocher de Coronet, il va l'envoyer dans un hôpital de Pittsburgh. Là un spécialiste l'opérera.

— C'est indispensable ?

— Absolument. C'est l'os de la cuisse qui est brisé. Il faut le remettre en place, mais quelques jours après l'opération, Tom pourra se déplacer sur des béquilles. Quand il a appris ça, il a été plutôt content…

— Content…, répète Alec. Pauvre Tom !

— Demain, je l'accompagne à Pittsburgh et je reste avec lui aussi longtemps qu'il faudra.

— Et Feu de Joie ?

— J'ai engagé quelqu'un pour le ramener avec notre van à Coronet.

— Et Jimmy ? Vous l'avez mis au courant ?

— Je lui téléphone dans un instant, assure George.

Il s'approche du poulain et lui dit en le caressant :

— J'ai l'impression qu'on va tous être au vert pendant quelque temps. L'an prochain, la situation sera peut-être meilleure. Malheureusement, tu seras trop vieux pour le Hambletonian. Mais tu es comme Jimmy, pas vrai ? Tu sais prendre les choses comme elles viennent.

Le lad se retourne vers Alec.

— Je suppose que, vous aussi, vous rentrez chez vous ?

— Oui, répond Alec avec un haussement d'épaules. Je n'ai plus rien à faire ici. Pourtant, j'aurais aimé… Et puis non, je rentre au bercail, et même le plus tôt possible. D'ailleurs…

À ce moment, une voix chaude, amicale et familière l'interrompt :

— Je ne te comprends pas, Alec. Tu me demandes de venir. Et, à l'instant où j'arrive, tu dis que tu rentres chez nous !

Alec pivote sur lui-même, détaille d'un regard la silhouette aux fortes épaules qui s'appuie à l'encadrement de la porte : Henry Dailey, l'ami de toujours, l'homme qui le connaît si bien et est capable de lire dans sa pensée comme dans un livre…

— Tu arrives trop tard, Henry, se contente-t-il de dire.

Henry Dailey sourit et franchit le seuil de l'écurie en répondant :

— Il n'est jamais trop tard.

Il tend la main au lad.

— Salut, George. Inutile de me présenter. Vous savez qui je suis.

Puis montrant Feu de Joie :

— Pendant que vous bavardiez, je l'ai examiné. Tu avais raison, Alec : un très beau poulain.

Sur ces mots, il enlève son chapeau, essuie son front en sueur et ajoute en se recoiffant :

— Alec, si on allait prendre une tasse de café ?

Avant de sortir de l'écurie, il jette encore un coup d'œil à Feu de Joie et reprend, à l'intention du lad :

— Ça ne vous ferait rien, George, d'attendre notre retour pour téléphoner à Jimmy ? Je voudrais m'entretenir un peu avec lui. J'ai comme une idée que nous pourrions bien, Alec et moi, ne pas repartir avant quelque temps…

À la cafétéria, Henry ne parle d'abord que de choses et d'autres, du ranch de l'Espoir[1] dont il partage la propriété avec Alec, de Black, l'Étalon Noir, des juments poulinières, etc. C'est seulement après avoir commandé une deuxième tasse de café qu'il entre dans le vif du sujet :

— Tout à l'heure, en vous cherchant, j'ai eu l'occasion de voir une vingtaine de chevaux. Autrefois, les trotteurs étaient en général lourds, épais. Aujourd'hui, ils sont presque tous légers, fins, nerveux.

— Comme Feu de Joie ? suggère Alec.

— Oui. Il a toutes ces qualités et aussi beaucoup de la puissance de Black. Ça c'est sûr. Mais ne va pas t'imaginer, d'après ce que je dis, que j'ai changé d'opinion au sujet du trot. Non, je ne change pas. Le trot, en lui-même, ne m'intéresse pas. Je ne suis ici que pour t'aider à obtenir avec Feu de Joie des résultats aussi bons que possible. L'autre jour, quand tu m'as téléphoné, j'étais très perplexe. Comme, ce matin, je l'étais plus encore, j'ai sauté dans ma voiture, et me voilà !

Alec baisse la tête en murmurant :

---

1. Voir *Le ranch de l'Étalon Noir*, dans la même collection.

— Je t'ai déjà dit, Henry, que tu arrivais trop tard. Tom est à l'hôpital. Feu de Joie ne peut plus rester ici.

— Fais-moi confiance. Il restera. Jimmy me donnera son accord. Maintenant, raconte-moi ce qui s'est passé ce matin.

En quelques phrases, Alec décrit l'accident. Lorsqu'il a terminé, Henry déclare :

— Comme l'a dit George pendant que je vous observais, il ne faut jamais dramatiser. Tom se rétablira. Ne pense plus à lui, au moins pour le moment.

— Ce n'est pas facile. Je me sens responsable…

— Tu ne l'es pas ! C'est le hasard. Parlons plutôt du poulain. Essayons de nous représenter ce qui cloche dans sa tête.

Durant une grande heure, penchés l'un vers l'autre, ils échangent leurs idées sur l'étrange défaut que présente Feu de Joie. À la fin, Alec déclare :

— Avec toi, Henry, tout paraît différent, plus facile. Je sais que tu réussiras à corriger le poulain.

Le vieil entraîneur secoue la tête.

— C'est possible, mais je n'en suis pas sûr. Maintenant, retournons à l'écurie. On a du pain sur la planche.

Ils trouvent George affairé à préparer sa valise. Henry Dailey lui annonce :

— On reste. C'est ce que j'ai l'intention de dire à Jimmy. On s'occupera du poulain.

George bredouille, gêné :

— J'ai déjà téléphoné à Jimmy. Je ne pouvais pas attendre plus longtemps.

Henry devient rouge de colère. George reprend, en bouclant sa valise :

— Jimmy veut que le poulain soit ramené à Coronet. Il doit nous retrouver Tom et moi à l'aéroport de Pittsburgh.

Henry, essayant de se dominer, demande :

— Est-ce que vous lui avez dit que j'étais ici et que je désirais lui parler ?

— Non.

— Alors, venez avec moi.

Henry ajoute, en prenant le lad par le bras et en le poussant vers l'extérieur :

— Moi aussi, je vais téléphoner à Jimmy. Vous écouterez la communication. Comme ça, vous saurez que Jimmy est d'accord pour nous confier Feu de Joie.

Le vieil entraîneur et le lad demeurent absents un long moment. Lorsqu'ils reparaissent, Alec, qui les a attendus à la porte de l'écurie, comprend que Henry a obtenu gain de cause. Quant à George, déchargé désormais de ses responsabilités, il se frotte les mains.

— L'homme qui devait venir demain pour conduire le van… faut que j'aille le prévenir que c'est annulé, déclare-t-il.

Lorsqu'il est parti, Henry Dailey et Alec parlent de Jimmy Creech, puis du poulain. Soudain, Henry regarde Alec dans les yeux et lui dit :

— Dès que George sera revenu, on ira tous les deux faire une visite à Tom.

Alec a un sursaut. Finalement, avec un effort, il réussit à répondre :

— D'accord, Henry. D'ailleurs, il faut que je le voie avant qu'il ne quitte l'hôpital.

C'est là, il le devine, une épreuve que Henry veut lui imposer. Il connaît depuis longtemps la méthode du vieil entraîneur. Quand on a un ennui, un chagrin quelconque, il faut l'affronter carrément. Ensuite, on a moins de mal à le surmonter.

Par cette décision énergique, Henry Dailey montre qu'il prend déjà les affaires en main.

*

* *

Alec dort assez mal cette nuit-là. Il reste obsédé par sa courte visite à Tom. « Pas plus de cinq minutes », a dit l'infirmière. Il pense aussi à George qui, le lendemain, doit rejoindre le blessé. C'est seulement un peu avant l'aube qu'il trouve le sommeil. Il a ainsi l'impression qu'il vient juste de fermer les yeux lorsqu'on le réveille. C'était George qui lui touche l'épaule.

— Alec, je voulais vous dire au revoir.

— Vous partez déjà ?

— Oui. Je préfère être en avance à l'hôpital.

Ils écoutent Feu de Joie hennir.

— Est-ce que Henry se lève tous les jours aussi tôt ? demande George en prenant sa valise.

— Seulement quand il a du travail.

— Ici, on n'aime pas beaucoup les gens qui se lèvent tôt.

— Vous savez, Henry se moque d'être aimé.

Dans la pénombre, George cherche la main d'Alec et la serre.

— Inutile de vous dire que je vous souhaite à tous deux… et au poulain, de réussir.

— Merci, George. Veillez bien sur Tom.

— Soyez tranquille. Au revoir, Alec.

— Au revoir, George.

Alec reste encore cinq minutes à réfléchir sur son lit, puis il se lève, fait sa toilette, s'habille et sort de la sellerie. Il trouve Henry dans le box, occupé à panser Feu de Joie.

— D'après George, lui annonce-t-il en souriant, tu vas te faire mal voir de nos voisins.

— Il me l'a dit, réplique Henry sans s'arrêter de travailler. Je n'ai jamais vu un centre d'entraînement comme celui-ci. À cinq heures, tout le monde est encore couché !

— Les gens, à Roosevelt, n'ont pas le même emploi du temps que le nôtre.

— Eh bien, tant mieux pour nous et pour ce que nous avons à faire !

Alec est sur le point de poser une question. Puis il y renonce. De toute façon, il saura bientôt ce que Henry a derrière la tête.

— Pour commencer, reprend le vieil entraîneur, je vais promener Feu de Joie. Oh ! une simple petite promenade, histoire de mieux le connaître. Je reviendrai quand il fera assez clair pour qu'on puisse aller sur la piste.

De nouveau, Alec garde le silence. Il est un peu déçu, ayant cru que Henry accorderait au poulain une journée de repos.

— Pendant qu'on sera absents, ajoute celui-ci, nettoie le box et mets un peu d'ordre dans la sellerie.

Une demi-heure plus tard, lorsqu'il reparaît avec le poulain, il se contente d'une brève explication :

— J'ai constaté qu'il aimait se balader avant le jour.

Ensuite, sans transition :

— Maintenant, Alec, tu peux l'atteler.

Lui-même se charge de mettre la bride. Alec, tout en s'occupant du sulky, remarque qu'il s'agit d'une bride simple. Donc, ce jour-là, il n'y aura pas d'œillère pour Feu de Joie…

Quand tout est terminé et qu'Alec a rassemblé les guides, Henry lui dit :

— Ce matin, on se contentera d'un trot tranquille, « peinard », sans forcer. Il faut voir comment le poulain se comporte. En somme, je commence par le commencement. Tu seras seul sur la piste. Et, comme je te le disais il y a un moment, c'est beaucoup mieux pour ce qu'on a à faire. Ce matin, je désire que Feu de Joie ne se trouve pas dans une situation délicate. Il me suffira de vous observer tous les deux pour savoir… tout ce que je veux savoir.

Alec grimpe sur le siège.

— Tu t'assois près de moi ? demande-t-il à Henry.

— Non, je préfère aller à pied.

Le poulain démarre sans même y avoir été invité. Sa longue queue balaie deux ou trois fois le visage d'Alec. Celui-ci ne peut s'empêcher de sourire et murmure pour lui-même :

« Cette fois, c'est fait. Me voilà dans la peau d'une de "ces espèces de cochers", selon l'expression de Henry ! »

Il se retourne, regarde Henry Dailey qui le suit à quelques mètres. « Que peut-il penser, se demande-t-il, lui qui m'a toujours vu en selle, et jamais derrière un cheval ? »

Le soleil n'est pas encore tout à fait levé lorsqu'ils atteignent la piste d'entraînement. Quel plaisir, pour Alec, d'être seul avec ce beau poulain à la bouche si sensible qu'il obéit aux moindres mouvements des rênes !

Après un premier tour, Alec passe devant Henry. Celui-ci, assis sur un banc dans l'ombre projetée par les tribunes, paraît extrêmement attentif. Le deuxième tour se déroule comme le premier, sans le moindre incident, et à ce petit trot « peinard » que le vieil entraîneur a demandé.

C'est seulement au début du troisième tour qu'il y a du nouveau. Alec aperçoit soudain un autre cheval qui franchit l'entrée de la piste. Il a un sursaut de mécontentement. Cependant, il ne tarde pas à se ressaisir. Mais il ne peut s'empêcher de surveiller fréquemment ce cheval qui, du moins jusque-là, reste pourtant loin derrière lui.

À la fin du troisième tour, en repassant devant Henry, Alec l'interroge d'un regard qui signifie : « Qu'est-ce que je fais ? » En effet, depuis quelques instants, le cheval inconnu accélère, se rapproche. Henry crie :

— Continue ! Continue !

Alec obéit. Néanmoins, il a du mal à garder son sang-froid et, malgré lui, il se retourne de plus en plus souvent.

L'autre driver dit à Henry Dailey :

— Salut ! Beau temps, ce matin.

— Très beau, répond Henry.

Puis, avec une attention accrue, il observe Alec et Feu de Joie. Bientôt, il se rend compte que le jeune garçon est devenu nerveux et transmet sa nervosité au poulain. Alors, il commence de s'inquiéter, d'autant que l'autre cheval continue à se rapprocher. Quelques secondes après, celui-ci, presque devant le vieil entraîneur, double le poulain à une dizaine de mètres sur la droite. Henry Dailey, crispé sur son banc et les poings serrés, note que Feu de Joie tourne la tête vers l'intrus en secouant sa crinière, mais qu'il continue à la même allure, sans s'affoler, sans se désunir.

Henry Dailey pousse un soupir de soulagement, puis fait signe à Alec de s'arrêter.

Pendant tout le chemin du retour, le vieil entraîneur garde le silence. C'est seulement lorsque le poulain a été promené, pansé et rentré dans son box, qu'Alec ose remarquer :

— Jusqu'ici, Henry, tu ne m'as pas dit grand-chose !

— Je sais. Je réfléchis. Feu de Joie possède une souplesse, une aisance peu communes et d'indéniables qualités de vitesse. Tout ça, on le savait déjà, n'est-ce pas ?

— Oui.

— Pourtant, j'ai observé ceci : il semble manquer d'endurance. Il n'était pas humide : il était baigné de sueur. Il aurait besoin d'un travail progressif qui lui rendrait entière confiance en lui-même. Et on a si peu de temps avant le Hambletonian !

— Pourquoi ne pas reprendre l'œillère ?

Henry Dailey fait la moue :

— Ça ne marcherait sans doute pas mieux que lorsque Tom l'a utilisée. Il faudrait que le poulain ne voie absolument rien de l'œil droit, même pas ce qu'il y a devant lui.

— J'ai l'impression qu'il ne le supporterait pas.

— J'en suis moins sûr que toi. Comme il faut tout essayer, on tentera l'expérience cet après-midi, mais pas ici. À un autre endroit où on sera plus tranquilles.

Cet endroit, ils n'ont pas besoin de le chercher. L'expérience a lieu et se termine près de l'écurie.

Dans l'après-midi, ils passent au poulain une bride pourvue d'une œillère qui, cette fois, le rend borgne de l'œil droit. Feu de Joie reste immobile pendant dix secondes, attendant avec patience qu'on le débarrasse de ce singulier accessoire. Comme rien ne se produit, il perd patience, secoue la tête pour se libérer, se dresse sur son arrière-train et fouette l'air avec ses antérieurs. Henry et Alec enlèvent l'œillère et ne la lui remettent qu'après l'avoir laissé se reposer. Cette deuxième tentative n'a pas plus de succès que la première. À la troisième, de plus en plus furieux, Feu de Joie se roule sur le sol.

— Je te l'avais bien dit, Henry, prononce Alec quand le poulain a repris place dans son box. Il n'acceptera jamais ça. J'ai calculé qu'il supporte l'œillère environ dix secondes. Pas plus.

— Oui, admet Henry. Dans une course, dix secondes ne nous seraient d'aucune utilité. On en est donc au même point. Il faudrait trouver autre chose. Mais quoi ?

Ils restent un long moment sans parler. Puis Alec, qui regarde Feu de Joie tirer des brins de foin de son râtelier, suggère tout à coup :

— Je suis sûr que ça marcherait avec une œillère qu'on ouvrirait et fermerait à volonté.

Depuis un instant, Henry s'est approché de la porte de l'écurie et regarde à l'extérieur. En entendant la suggestion d'Alec, il se retourne et revient sur ses pas :

— Qu'est-ce que tu as dit ?

— Oh ! c'est peut-être une idée stupide, fait Alec. Je me souviens que tu m'as parlé un jour d'un cheval qui portait une œillère de ce genre, une œillère mobile.

— Bien sûr ! s'exclame Henry. C'était il y a longtemps, je ne sais plus combien d'années, sur un hippodrome de New York.

Le cheval s'appelait Alcyon. Un galopeur, pas un trotteur. On lui avait mis en effet une œillère actionnée par un petit ressort. Le jockey, pendant la course, pouvait l'ouvrir et la fermer quand il le jugeait bon, grâce à une corde qu'il tenait dans ses mains, avec les rênes.

— Pour Feu de Joie, il faudrait quelque chose d'un peu différent… qui comporterait un orifice ouvert en permanence pour l'œil gauche et une œillère mobile pour l'œil droit.

— Naturellement… à condition de trouver à New York le bourrelier capable d'un pareil travail.

— Qu'est-ce qui t'empêche de le trouver, Henry ?

— Oui, qu'est-ce qui m'en empêche ? crie soudain le vieil entraîneur, dans une flambée d'enthousiasme.

Et, sans un mot de plus, sous le regard étonné d'Alec, il part à grands pas vers le parking où il a rangé sa voiture.

Alec et Henry Dailey s'apprêtent ainsi à prendre ensemble un sérieux risque. Mais n'est-ce pas le seul moyen d'éviter de plus grands dangers ?

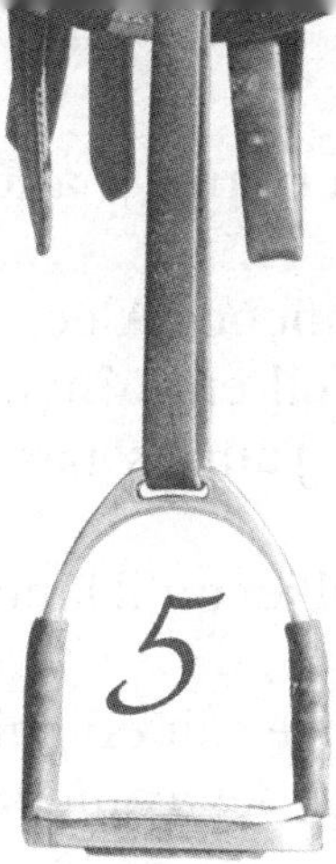

5 Le maître

Henry ne rentre pas ce soir-là, ni même le lendemain aux premières heures de la matinée. Alec, après son petit déjeuner, s'occupe de Feu de Joie, puis l'emmène au pâturage. Il aperçoit à bonne distance plusieurs chevaux qui s'entraînent. Il voit aussi un camion qui en transporte d'autres à Goshen où ils se prépareront pour le Hambletonian. Parmi ces derniers, il reconnaît Silver Knight, Vif-Argent, Victory Boy, etc.

C'est seulement à neuf heures que la voiture de Henry Dailey regagne l'hippodrome. À ce moment-là, Feu de Joie a réintégré son box. Alec court jusqu'au parking. Henry, le visage non rasé, semble avoir les traits encore plus tirés qu'à l'ordinaire. En outre, il a les mains vides…

— Alors, tu n'as pas…, commence Alec.

— Mais si ! grommelle le vieil entraîneur. Est-ce que tu t'imagines que j'aurais passé toute la nuit debout pour rien ?

Il prend dans sa voiture un objet qu'il lance au jeune garçon.

— J'ai voulu, ajoute-t-il, que ce soit en cuir rouge, pour s'harmoniser avec les couleurs de Jimmy.

Alec attrape l'objet au vol. Il s'agit d'une sorte de masque qui doit couvrir presque tout le chanfrein et est percé de deux trous. Le gauche reste ouvert en permanence. Le droit peut être ouvert ou fermé à volonté, grâce à une œillère mobile qu'on manœuvre par le moyen d'un ressort articulé.

— On attache une corde ici, explique Henry en montrant un anneau fixé au ressort.

— Tu veux faire un essai ?

— Pourquoi pas ? On n'a guère de temps à perdre. Je n'irai dormir que lorsqu'on aura fait au moins une première tentative.

Le vieil entraîneur reprend le masque à Alec et, pénétrant dans le box, le passe par-dessus la tête du poulain. Celui-ci ne bronche pas, comme si le nouvel accessoire lui paraissait peu gênant…

— Maintenant, bride et harnais, dit Henry.

Quelques minutes plus tard. Feu de Joie, harnaché et bridé, sort de l'écurie.

— À mon avis, suggère Alec, mieux vaudrait ne pas l'atteler tout de suite. S'il se fâche, il pourrait être blessé par les brancards.

— Tu as raison, admet Henry. Il ne reste que la corde. Vite !

Alec attache une longue corde à l'anneau du ressort, la passe dans l'anneau d'attelle, puis, pour la séparer des guides, car il sait qu'elle serait extrêmement sensible, il l'entortille autour de son auriculaire droit.

— Voilà, Henry, dit-il. Je suis prêt.

Henry prend Feu de Joie par la bride et le fait marcher parallèlement aux écuries. Après une cinquantaine de mètres, il ordonne tour à tour, à de très brefs intervalles :

— Ferme l'œillère, Alec… Ouvre l'œillère.

— Est-ce que ça va ? demande le jeune garçon qui suit en se tenant un peu à droite du poulain.

— Très bien, répond Henry. On va continuer comme ça, puis, petit à petit, j'augmenterai le temps de fermeture. Je crois qu'on est sur la bonne voie !

Pendant une demi-heure, ils poursuivent l'expérience. Pour terminer, ils maintiennent l'œillère fermée plus longtemps, presque une minute. Ils s'aperçoivent que, lorsque le poulain donne des signes d'agitation, il suffit, pour qu'il retrouve son calme, d'ouvrir l'œillère, quitte à la refermer peu après.

Finalement, Feu de Joie est attelé et conduit à la piste. Alec et Henry sont pleins d'espoir.

— Jusqu'ici, dit Henry, on a des raisons d'être optimistes. Reste à savoir ce que va donner l'épreuve de vérité !

Il quitte Alec à l'entrée de la piste et va s'asseoir sur un banc. Le jeune garçon conduit Feu de Joie à la corde et le met au trot. Au début, il ne juge pas nécessaire de fermer l'œillère. D'autres chevaux s'entraînent, mais demeurent trop loin du poulain pour pouvoir l'indisposer. Au premier passage devant Henry, Alec voit que le vieil entraîneur lui fait signe d'appuyer vers le milieu de la piste. Alec obéit, non sans jeter un regard derrière lui : plusieurs chevaux viennent sur sa droite. Il attend qu'ils soient encore plus près, puis ferme l'œillère. Il ne faut que cinq ou six secondes aux chevaux pour doubler Feu de Joie et se trouver devant lui. À ce moment, Alec rouvre l'œillère. Feu de Joie voit donc nettement les chevaux. Mais, bien loin de ralentir, il accélère et, les oreilles pointées, il tente de les rejoindre. Alec ne le retient pas.

À plusieurs reprises, sur tout le parcours, lignes droites et tournants, Alec répète l'expérience. C'est-à-dire qu'il permet à Feu de Joie de rejoindre et de doubler les chevaux. Puis il le force à ralentir, jusqu'à ce qu'il soit de nouveau dépassé. Et, dans ce court instant, Alec ferme l'œillère et la rouvre dès que les chevaux ont repris la tête. Au fond de lui-même, il exulte. L'œillère mobile donne des résultats vraiment inespérés. À la fin, Henry, qui a suivi les opérations avec toute l'attention dont il est capable, lève la main dans un geste qui signifie :

« Ça suffit ! »

De retour à l'écurie, Alec note que son ami semble ragaillardi et que son visage ne porte plus les traces d'une nuit blanche.

— Je crois, dit le vieil entraîneur, que je le laisserai courir dans quelques jours.

— Tu crois, Henry, demande Alec avec inquiétude, que Feu de Joie sera au point en si peu de temps ?

— Il le faut, si on veut aller à Goshen. N'oublie pas que moins de deux semaines nous séparent maintenant du Hambletonian.

Alec se souvient des chevaux qu'il a vus partir le matin même pour Goshen…

— Comme toujours, Henry, dit-il, c'est toi qui es dans le vrai. Feu de Joie a besoin d'une bonne épreuve préparatoire.

Ils engagent donc le poulain dans une course qui doit avoir lieu, en nocturne naturellement, le lundi suivant, donc trois jours plus tard.

En attendant, le samedi et le dimanche, ils soumettent Feu de Joie à un entraînement en tout point semblable au premier, à cette différence que le dernier, celui du dimanche, est beaucoup plus long que celui du samedi. Chaque fois, Feu de Joie se comporte de façon très satisfaisante. Il paraît si bien habitué à son œillère mobile que le vieil entraîneur, s'il avait gardé quelques doutes, se sent aujourd'hui pleinement rassuré.

Après le dernier entraînement, il dit à Alec en regagnant l'écurie :

— À la fin du parcours, j'ai eu l'impression que tu avais de la peine à l'arrêter. Je me suis trompé ?

— Non. Ça n'a pas été facile. Il voulait continuer.

— C'est plutôt encourageant. Il y avait avec moi, sur le banc, des lads et des entraîneurs. Ils ont été très impressionnés.

— Et toi, Henry ?

— Moins qu'eux. Je savais déjà ce que vaut Feu de Joie.

Alec regarde un instant le vieil entraîneur, puis demande :

— Est-ce que je me trompe, Henry ? Il me semble que tu t'intéresses de plus en plus au trot.

— Je m'intéresse surtout au poulain, déclare sèchement Henry Dailey.

*

* *

Le lendemain, jour de la course, ils ne font rien d'autre que de promener Feu de Joie et d'attendre la soirée. À la fin de l'après-midi, le temps paraît bien long. Feu de Joie doit participer à la première épreuve, qui a lieu à huit heures trente. Or, il n'est même pas encore six heures. Alec et Henry Dailey se contentent d'observer les concurrents qui, pour se mettre en forme, font, sur la piste, de longs essais de vitesse. Au bout de cinq minutes, Alec quitte Henry et regagne l'écurie. Son opinion est faite : Feu de Joie battra sans peine tous ces chevaux. Mais sera-t-il aussi brillant devant ceux qui sont partis pour Goshen et qui s'y préparent au Hambletonian ?

Ensuite, Alec pense à Tom. La veille, il a reçu une carte postale par laquelle George lui annonce que l'opération a eu lieu, qu'elle a pleinement réussi et que Tom quittera l'hôpital dans une semaine. George termine en ces termes : « *Nous sommes bien contents. Jimmy est avec nous.* »

Alec se tient près du poulain et le caresse, tout en poursuivant sa songerie, quand Henry le rejoint. Le vieil entraîneur paraît hésiter, puis déclare :

— Ils sont revenus.

— Qui ? demande distraitement Alec.

— Certains des chevaux que nous devons affronter à Goshen, répond Henry.

Et d'un air étonné, en secouant la tête :

— Décidément, je ne comprendrai jamais rien au trot. J'ai posé des questions. Je n'ai obtenu que de vagues renseignements. Je me suis adressé en particulier à Fred Ringo. Tout ce que j'ai pu apprendre, c'est qu'il a laissé son poulain Vif-Argent à Goshen, en vue du Hambletonian, et que, s'il est revenu ici, c'est uniquement pour entraîner et faire courir ses autres chevaux.

Henry Dailey reprend haleine et ajoute :

— En outre, j'ai voulu avoir des éclaircissements sur un détail, d'ailleurs important, dont tu m'as parlé. J'ai demandé à plusieurs drivers pourquoi ils poussaient à fond leurs chevaux durant le canter immédiatement avant les courses. Je n'ai obtenu d'autre réponse que celle-ci : « Chez nous, c'est la coutume. » Alors, j'ai tout laissé tomber. Leur coutume ! Je n'ai jamais vu rien de plus stupide, de plus aberrant, de plus…

— Henry, interrompt Alec, tu ne devrais pas te mettre en colère. Tu vas rendre le poulain nerveux.

— Je ne suis pas en colère, proteste Henry en baissant la voix. Cet entraînement forcené, juste avant la course, était de mise dans ma jeunesse, quand on utilisait, pour le trot, des chevaux pesants, presque des chevaux de trait. Mais, aujourd'hui, à quoi bon ? On ne voit sur les pistes que des chevaux musclés, légers, taillés pour la vitesse et qui sont capables de…

Brusquement, Henry s'arrête, regarde Alec en souriant.

— Je parle ! Je parle ! Tu es bien gentil de m'écouter, Alec. Il y a tant d'autres garçons de ta génération qui m'enverraient promener !

Alec lui pose la main sur le bras.

— Je t'écoute toujours avec plaisir, Henry. Il me reste beaucoup à apprendre.

— Je croyais que tu préférais ma compagnie à mon enseignement.

— J'aime aussi ta compagnie, affirme Alec.

Henry Dailey déteste montrer ses émotions. Il se tourne vers le poulain et poursuit :

— En tout cas, même si Jimmy Creech continue à suivre cette méthode ridicule, nous ne l'imposerons pas à Feu de Joie. Ou alors, je ne m'appelle plus…

Il ne peut terminer. Une voix nasillarde crie à l'extérieur :

— Henry Dailey ! Henry Dailey, où es-tu ?

Henry, la bouche restée ouverte, le visage décomposé, s'est immobilisé près du poulain. Alec se précipite vers le seuil. Un petit homme décharné, au nez aquilin, vient de s'arrêter devant l'écurie et lit l'écriteau qui, fixé au-dessus de la porte, indique le nom du locataire : FEU DE JOIE.

Puis le petit homme jette un coup d'œil dans l'écurie, et Henry Dailey prononce en bredouillant un peu :

— Tiens… salut, Jimmy.

*
* *

Ainsi, le nouveau venu n'est autre que Jimmy Creech ! Alec, qui le voit pour la première fois, le regarde avec curiosité s'approcher du poulain, l'examiner de la tête aux sabots, le caresser, le contempler avec la tendresse d'un père pour son fils. Il y a aussi, dans son attitude et son expression, quelque chose qui semble signifier :

« Ce poulain m'appartient. Le maître, maintenant, c'est moi ! »

Quant à Henry, il est étrangement muet pour quelqu'un qui retrouve un ami de toujours ! Enfin, Jimmy Creech, sans toutefois se détourner de Feu de Joie, daigne expliquer :

— J'avais envie de voir comment tu te tirais d'affaire. C'est Tom qui m'a conseillé de venir. Je crois qu'il avait raison.

— Tu ne sembles pourtant guère brillant, fait observer Henry. Tu es sûr que… ?

— Je vais très bien, affirme Jimmy Creech.

— Tu as prévenu ton médecin ?

— Non. Il aurait poussé les hauts cris. Il m'a permis, pour cette année, d'assister à une seule course. J'ai choisi le Hambletonian.

Puis faisant face pour la première fois à Henry Dailey :

— Crois-tu, Henry, que Feu de Joie y participera ?

— J'en suis persuadé.

Jimmy Creech se retourne vers le poulain.

— C'est ce que je voulais entendre de ta bouche. Je ne suis pas venu pour autre chose… Sinon pour revoir Feu de Joie. Ça fait deux mois qu'on est séparés. C'est long, deux mois ! Aucun médecin ne pourrait me reprocher ce petit plaisir. D'autant que je n'ai pas l'intention de m'attarder ici. Je repars immédiatement.

Henry Dailey manque de laisser échapper un soupir de soulagement.

— À quelle heure est ton train, Jimmy ?

— À dix heures. J'ai une couchette. Je pourrai me reposer.

Jimmy Creech toise Alec.

— Tom et George vous estiment beaucoup. Qu'est-ce que vous pensez de Feu de Joie ? Vous l'aimez ?

— Comment ne pas l'aimer ? répond Alec. Il a toutes les qualités.

Jimmy Creech, flatté, redresse ses maigres épaules voûtées par l'âge et la maladie. Puis s'adressant à Henry Dailey :

— Où en es-tu avec le poulain ?

Henry se balance d'un pied sur l'autre.

— Il marche à merveille. Seulement… nous sommes obligés de lui mettre une œillère.

Jimmy Creech a l'air d'un homme qui croit avoir mal entendu.

— Une œillère ? Je n'impose jamais la moindre gêne à mes chevaux. Tu le sais bien !

— C'est exact, Jimmy, répond Henry très calmement. Mais, dans le cas de Feu de Joie, c'était nécessaire.

Alec, voyant que Jimmy Creech va laisser exploser sa colère, se hâte d'intervenir :

— Je crois, monsieur Creech, que c'était une bonne idée. L'œillère en question est mobile. On l'ouvre et on la ferme à volonté. D'ailleurs, je vais vous la montrer.

Il passe dans la sellerie. Deux secondes après, il revient et tend l'œillère à Jimmy Creech. Celui-ci la saisit d'une main que l'irritation fait trembler et l'examine sans prononcer un mot.

Henry se penche vers lui. Sans élever la voix, il lui explique pourquoi il a fallu utiliser cet accessoire.

— Les résultats sont très encourageants, ajoute-t-il. D'ailleurs, c'est le seul moyen de permettre à Feu de Joie de participer au Hambletonian. Et c'est cela que tu veux, n'est-ce pas, Jimmy ? En tout cas, cette œillère est un recours provisoire. Le poulain a déjà retrouvé presque toute sa confiance en lui-même...

Henry parle encore un moment sur ce ton, en s'efforçant d'être aussi convaincant que possible. Quand il a terminé, il attend. Jimmy Creech reste silencieux pendant un moment qui paraît interminable. Enfin, il tend l'œillère à Alec et se tournant vers Henry :

— D'accord, Henry. Je comprends maintenant que tu ne pouvais faire autrement.

Il reprend, après avoir examiné de nouveau le poulain :

— Il ne me reste qu'à partir.

Henry propose :

— Veux-tu que je te conduise à Mineola ? En train, de Mineola à New York, tu n'auras qu'une heure de voyage.

— Je sais. C'est comme ça que je suis venu. Ne t'inquiète pas pour moi, Henry. Je vais prendre un taxi.

— Tu plaisantes, Jimmy ! Je peux tout de même bien faire ça pour un vieil ami comme toi. Et puis, on aura ainsi la possibilité d'être plus longtemps ensemble. Allons, viens.

Après un dernier coup d'œil à Feu de Joie, Jimmy Creech se dirige vers la porte de l'écurie. Henry lui emboîte le pas. Cependant Creech s'arrête sur le seuil et demande :

— À propos, Henry, quand débute-t-il ? Il a besoin d'une course avant d'aller à Goshen.

Comme Henry fait semblant de ne pas avoir entendu et s'éloigne déjà vers le parking, Creech l'arrête par le bras en plein élan.

— Tu n'as pas répondu à ma question, Henry. Quand est-ce qu'il débute ?

— Bientôt...

— Mais encore ?

Henry peut-il mentir ? Ce n'est pas dans son caractère.

— Ce soir.

— Ce soir ? répète Creech, les yeux brillants. Quelle course ?

— La première.

— Je peux donc y assister et attraper quand même mon train !

— Et si tu le manques, Jimmy ? Tu ne crois pas qu'il serait plus raisonnable de… ?

Jimmy Creech lui coupe la parole et d'une voix que l'irritation rend encore plus nasillarde :

— Tu parles comme mon médecin, Henry ! À ma place, tu rentrerais chez toi, bien docilement. Moi, au contraire, je…

Il s'interrompt et ajoute, après un coup d'œil à Feu de Joie :

— Dis-moi, s'il participe à la première course, comment se fait-il qu'il n'ait pas déjà subi l'entraînement habituel ?

Henry Dailey a une expression accablée. Il se retrouve exactement devant l'obstacle qu'il avait cru éviter !

— Il n'aura pas d'entraînement, affirme-t-il. Feu de Joie n'en a pas besoin.

— Qu'est-ce que tu me chantes là ?

— Ne t'énerve pas, Jimmy. Je sais que, depuis toujours, tu entraînes tes chevaux juste avant les courses. C'est une méthode très ancienne. Mais, avec Feu de Joie, elle n'est pas nécessaire. Il faut qu'il garde sa vigueur et sa force intactes pour…

Creech bondit.

— Ma parole, tu veux m'apprendre mon métier !

— Je t'en prie, Jimmy, du calme. Donne-toi seulement la peine de regarder le poulain. Il ne ressemble en rien à tous ceux que tu as eus. Il n'a absolument pas besoin de travailler avant une épreuve. Tu t'accroches à cette méthode. Mais elle appartient au passé. Aujourd'hui…

— Tais-toi ! hurle Creech. Ici, le maître, c'est moi ! Tu n'as jamais drivé, et voilà que tu te permets de me donner des conseils ! Fiche-moi le camp ! Sinon, je te chasse à coups de pied dans le derrière !

Et se tournant vers Alec :

— Vous aussi, vous pouvez partir. Je n'ai pas besoin de vous.

Alec sent le rouge lui monter au visage. Il cherche du regard Henry. Celui-ci est déjà à une vingtaine de mètres de l'écurie et, à pas lents, il continue de s'éloigner. Alors, presque malgré lui, Alec balbutie :

— Je préfère… rester. D'ailleurs, il le faut.

— Dans ce cas, hurle de plus belle Jimmy Creech, vous ferez ce que je vous dirai !

Ses prunelles lancent des éclairs et ses mâchoires crispées indiquent une volonté inflexible.

— Mettez la bride et attelez, reprend-il. Une première fois, vous le ferez trotter sans forcer sur mille deux cents mètres, et, une deuxième fois, sur la même distance, en lui demandant le maximum. Je veux, pour ce deuxième essai, une minute trente-cinq secondes ; c'est-à-dire : 1'18" au kilomètre. Vous avez un chrono ?

— Oui, monsieur.

Jimmy Creech regarde un instant le jeune garçon et ajoute avec moins de rudesse :

— Vous savez, Henry se trompe complètement. Dans le trot, il faut détendre les chevaux avant la course. C'est bon pour leurs muscles. Ça leur donne aussi le désir de courir, de rivaliser avec les autres concurrents. En outre, l'entraînement préliminaire les rend plus sérieux. Ils ont moins envie de jouer, de caracoler. Ils ne pensent qu'à la tâche à accomplir.

En mettant l'œillère, Alec ose interroger :

— Pour le deuxième essai, vous êtes sûr qu'une minute trente-cinq secondes… ? Au Hambletonian…

— Mais, interrompt Creech, c'est bien cette vitesse qu'il faudra atteindre au Hambletonian !

Sur ces mots, il prend Feu de Joie par la bride et le conduit vers la piste. Alec, assis sur le siège du sulky, s'inquiète pour son ami :

« Qu'est devenu Henry ? Va-t-il assister à la course ? »

*
* *

À sept heures trente, Feu de Joie, après mille deux cents mètres « sans forcer » sur la piste d'entraînement, souffle un peu dans un coin du paddock. Il ne reste donc qu'une heure avant la course quand Alec l'emmène sur la piste principale, pour le deuxième essai, à grande vitesse celui-là, exigé par Jimmy Creech.

Il ne fait pas encore nuit. Cependant, les projecteurs sont allumés et les tribunes commencent à se remplir. De nombreux chevaux s'entraînent. Alec ne leur aurait accordé que peu d'attention si Feu de Joie ne portait une œillère qu'il faut fermer chaque fois qu'un cheval s'apprête à le doubler sur sa droite.

Comme il est de règle, les soirs de courses, sur la piste principale, Feu de Joie porte au-dessus de la tête son numéro, le cinq. Et Alec, pour se conformer à une autre règle, a déjà revêtu la casaque rouge et blanche… la casaque de Tom… les couleurs de Jimmy Creech.

Feu de Joie a envie de s'élancer. En effet, sa robe bai clair est humide, « trop humide », aurait dit Henry Dailey. Alec balaie du regard les tribunes. Henry se cache-t-il dans la masse des spectateurs ?

Le jeune garçon est persuadé que son vieil ami a raison au sujet de Feu de Joie. On a sûrement tort d'imposer au poulain une préparation aussi poussée…

Alec conduit Feu de Joie au poteau et, là, détend complètement les rênes. En même temps, il enfonce le bouton de son chrono. Tout de suite, le poulain accélère. Il ne trotte pas : il vole ! À tel point qu'Alec, grisé par la vitesse, oublie le chrono. Mais, au bout des mille deux cents mètres, il est persuadé d'avoir au moins frôlé le temps demandé par Jimmy Creech…

Celui-ci, lorsqu'il conduit le poulain au paddock, se contente de dire :

— J'ai vu, Alec, que vous n'utilisiez pas votre chrono. Après tout, vous avez peut-être bien fait. Moi, je me suis servi du mien. Je puis vous assurer que vous avez réussi un temps remarquable… presque celui que je vous avais demandé. Maintenant, nous sommes fin prêts pour la course !

Alec, lui, reste sceptique. Il aurait bien voulu être plus vieux de quarante minutes. Car c'est seulement à ce moment-là, au début de la course, qu'il saura si Jimmy Creech, en se montrant si exigeant avec Feu de Joie, n'a pas commis une erreur.

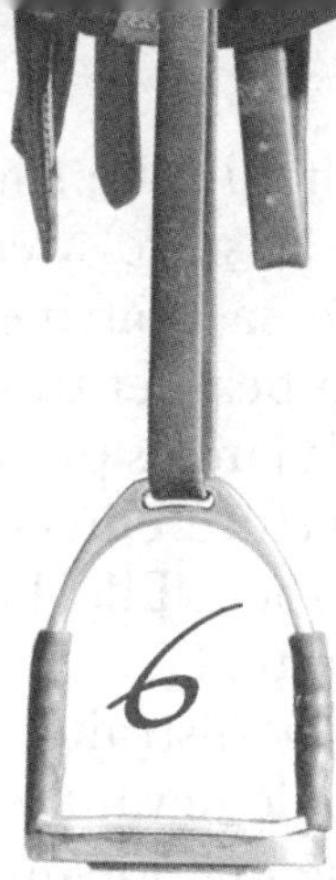

6 Deux vieux imbéciles

Dès que la cloche du paddock tinte, la porte de la piste est ouverte. Puis les haut-parleurs font entendre quelques petits crépitements. Et, après la sonnerie de clairon invitant les concurrents à se préparer, le présentateur prend la parole :

— Mesdames et messieurs, les chevaux pénètrent sur la piste. Pour cette première course de la soirée, ils sont huit.

Jimmy Creech débarrasse Feu de Joie de sa couverture blanche bordée de rouge. Et il fait un pas en arrière, en disant :

— Bonne chance, Alec.

Il suit du regard Feu de Joie, qui porte au-dessus de la tête son numéro cinq, jusqu'à ce qu'il soit sur la piste. Ensuite, il plie soigneusement la couverture et la serre avec une sorte de tendresse contre sa poitrine. Dans son esprit, rien n'est trop beau et trop neuf pour le poulain. Mais il n'a jamais pu se résigner à changer cette couverture élimée, raccommodée en maints endroits. Elle lui rappelle tant de souvenirs heureux !

Il ne prête qu'une attention distraite à l'habituelle parade qui se déroule devant les tribunes, et il ne dresse l'oreille que lorsque le speaker procède aux présentations. Alors, après avoir glissé la couverture sous son bras, il se faufile à travers la foule. En jouant énergiquement des coudes, il parvient à longer le bas des tribunes, puis s'arrête à un endroit qui représente à peu près le milieu de la piste. Il assistera ainsi au départ et à l'arrivée. C'est là tout ce qu'il désire. Juste au moment où il atteint cette place idéale, le présentateur déclare :

— Le poulain bai clair portant le numéro cinq est Feu de Joie, par Black et Rosie Queen. Feu de Joie appartient à M. Jimmy Creech, de Coronet, Pennsylvanie. Il est drivé par Alec Ramsay.

Jimmy Creech porte la main à son cœur pour en comprimer les battements. S'il osait, il hurlerait à l'intention de ses voisins :

« Ce poulain est à moi ! Il est le fils de l'Étalon Noir, le plus beau, le plus puissant, le plus noble cheval du monde. Il est le résultat de mes efforts pendant un demi-siècle. J'ai élevé et entraîné bien d'autres poulains. Mais celui-là représente le rêve que je ne croyais jamais réaliser. Regardez-le ! Mais regardez-le donc ! »

Avec une profonde déception, il constate que ses voisins ne s'occupent guère de Feu de Joie. Tous n'ont d'yeux, semble-t-il, que pour un grand alezan qui trotte à la corde. Il y a même une femme pour crier avec enthousiasme :

— Voilà Streamliner ! Oui, oui, c'est bien lui !

Jimmy Creech scrute cette femme avec hostilité. Est-elle folle ? Bien sûr, Streamliner a terminé troisième du Hambletonian. Mais c'était il y a six ans. Pourquoi Streamliner n'est-il pas à la retraite depuis longtemps ? La femme serait mieux inspirée en clamant son enthousiasme pour certain poulain clair qui, lui, éclate de jeunesse et foule manifestement le sentier de la gloire…

Le vieil entraîneur cherche de tous côtés des spectateurs capables d'apprécier Feu de Joie à sa juste valeur. Par hasard, il aperçoit, à gauche et à une vingtaine de mètres, un homme qui paraît captivé par la grâce, la souplesse et les lignes parfaites du poulain bai clair. Mais il détourne promptement la tête, car cet homme est… Henry Dailey !

Quelques minutes plus tard, les concurrents se rassemblent derrière l'auto-start et, dès qu'il démarre, ils le suivent. Creech sent son cœur précipiter ses battements et une nausée lui monter à la gorge. « Non, non ! se dit-il. Pas question que je tombe dans les pommes, surtout en ce moment ! Cette course, il faut que j'y assiste, comme il est indispensable que j'assiste au Hambletonian. Ensuite… Eh bien, j'obéirai à mon médecin ! Je n'assisterai plus jamais à une course ! »

La voiture accélère. Les chevaux l'imitent. Quand ils passent devant les tribunes, Jimmy Creech observe qu'Alec maintient le poulain un peu en retrait du cheval – le numéro six – placé sur sa droite. L'œillère est ouverte. Toutefois, en approchant de la ligne de départ, Alec presse l'allure, ferme l'œillère, et Feu de Joie double le numéro six, presque en le frôlant.

Creech a de plus en plus de mal à contenir les battements de son cœur. « Si c'est déjà comme ça ce soir, songe-t-il en serrant de toutes ses forces la couverture contre sa poitrine, je suis bien capable, le soir du Hambletonian, d'en mourir ! »

Dès qu'elle a franchi la ligne de départ, la voiture replie ses vastes ailes. Dans les tribunes, les lumières baissent. La course commence !

Tout de suite, Feu de Joie prend la tête. Jimmy Creech hurle de plaisir. Il voit qu'Alec a ouvert l'œillère. Et il hurle de nouveau en constatant que le poulain, au voisinage du tournant, accentue son avance et va si vite qu'Alec, sans lui faire perdre un centimètre, peut le rapprocher de la corde.

— Regardez-le ! crie Jimmy à ses voisins. Oui, maintenant, regardez-le !

Les haut-parleurs grésillent. Le présentateur annonce :

— Feu de Joie mène. Streamliner est deuxième.

Jimmy doit se retenir pour ne pas interpeller Henry Dailey. Avec quelle joie il lui dirait : « Tu n'avais pas confiance. Eh bien, maintenant, regarde-le toi aussi !

Le premier tournant dépassé, Feu de Joie reste en tête. De sorte que le speaker peut déclarer :

— Feu de Joie a déjà pris quatre longueurs. Streamliner est deuxième, Lady Luck troisième, Worthy Lad quatrième…

D'un coup d'œil, Jimmy Creech consulte le tableau où est indiqué le temps des premiers quatre cents mètres. Splendide ! Alec lui a strictement obéi : Feu de Joie est très près de ce qu'on peut souhaiter pour le Hambletonian. En somme, les choses se passent à la perfection !

Les concurrents abordent déjà le second tournant. Tous, en file indienne, se tiennent à la corde. Feu de Joie est toujours largement détaché. D'un seul mouvement, lorsqu'il aborde la deuxième et dernière ligne droite, les spectateurs des tribunes se dressent et l'acclament.

Jimmy croit que son cœur va exploser. Feu de Joie s'approche des tribunes, son œillère ouverte. Inutile, dorénavant, de la refermer. Aucun concurrent ne peut plus rattraper le poulain bai clair. Et cela, grâce à quoi ? À l'œillère ! Jimmy jette un regard aimable à Henry Dailey. Il est si fier, si heureux qu'il se sent prêt à pardonner, à se montrer généreux, et même un peu reconnaissant.

Mais… pourquoi les acclamations ont-elles cessé ? À son passage devant les tribunes, Feu de Joie perd visiblement du terrain. Petit à petit, Streamliner le grignote ! Le poulain bai clair est-il fatigué ?

Soudain, les acclamations reprennent de plus belle. Hélas ! elles ne s'adressent plus à Feu de Joie. Elles sont destinées à stimuler Streamliner ! Jimmy a l'impression que Feu de Joie met une éternité à atteindre le poteau des huit cents mètres où la course a commencé…

Le présentateur reprend la parole :

— Aux huit cents mètres, Feu de Joie est toujours en tête… à environ une demi-longueur de Streamliner qui le talonne. Lady Luck est troisième. Worthy Lad est…

Jimmy arrête d'écouter. L'important est le tableau. Feu de Joie, dans les huit cents mètres, a perdu deux secondes sur le temps fixé. Jimmy est furieux, car, estime-t-il, Alec n'a pas appliqué ses instructions. À ce moment, il voit le jeune garçon lever les mains, secouer les rênes pour obtenir du poulain une vitesse accrue… Résultat : Feu de Joie continue à la même allure, et Streamliner se rapproche, commence de le doubler. Alec ferme l'œillère… et la rouvre dès que l'alezan a pris la tête.

Bien qu'il chancelle et soit sur le point de tomber, Jimmy essaie de se rassurer : « Il va revenir. Il rattrapera ce maudit alezan ! »

Mais, dans le premier tournant, Streamliner prend encore de l'avance, tandis que les autres concurrents, de plus en plus, se rapprochent de Feu de Joie.

Jimmy est affolé : « C'est un coup de fatigue ! Il gagnera ! C'est sûr ! Absolument sûr ! »

Lady Luck double Feu de Joie. L'opération « œillère » se reproduit : fermeture, réouverture.

Alors, Jimmy Creech, les larmes aux yeux, accepte l'inévitable : la course est bel et bien perdue… « La faute à qui ? À toi, Jimmy. Tu as envoyé promener Henry Dailey. Tu n'as pas voulu écouter ses conseils. Tu es le seul responsable ! »

Streamliner gagne avec facilité, dans un temps cependant moins bon que celui de Feu de Joie à l'entraînement.

Dès que les tribunes sont de nouveau éclairées, Jimmy Creech se dirige vers le paddock. Serrant toujours la couverture contre sa poitrine, il se laisse bousculer et emporter par la foule. Il aurait sûrement fini par être piétiné, si un bras robuste ne l'avait pris par l'épaule et guidé à travers les tourbillons de spectateurs. Jimmy Creech regarde l'homme qui lui rend ce service et reconnaît Henry Dailey.

— Je ne suis qu'un imbécile, Henry, murmure-t-il. Un vieil imbécile.

— Moi aussi, Jimmy, répond Henry.

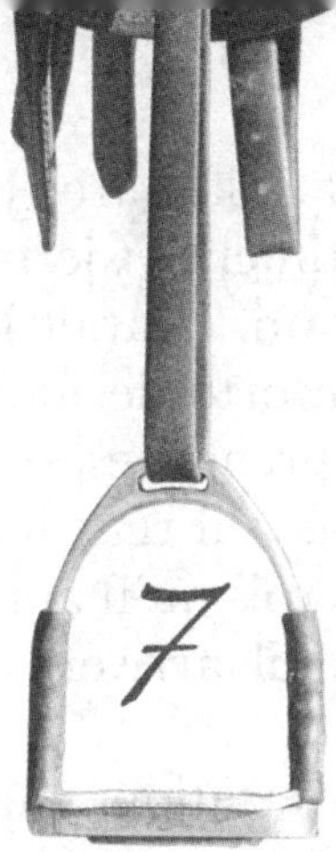

7 « Goshen, nous voilà ! »

Dans la sellerie, Alec attend le retour de Henry. Il ne se donne même pas la peine d'allumer l'électricité. De temps à autre, il tend l'oreille. Mais aucun bruit ne vient de l'écurie voisine. Feu de Joie ne bouge pas. Sans doute somnole-t-il, épuisé.

Henry ne reparaît que vers une heure du matin.

— Tu devrais allumer, lui dit Alec.

— Inutile. Je peux très bien me déshabiller dans l'obscurité. Ce soir, j'ai fait provision de lumière pour plusieurs jours.

Alec comprend qu'il fait allusion aux puissants projecteurs de la piste…

— Et Jimmy ? demande-t-il.

— Eh bien, je l'ai conduit à la gare. Je l'ai installé dans son compartiment et je ne l'ai quitté qu'au départ du train. Il avait le moral plutôt bas. Je l'ai réconforté de mon mieux. Il m'a semblé qu'il reprenait espoir. Du moins, un peu. En tout cas, s'il réussit à dormir pendant le voyage, je crois qu'il aura suffisamment récupéré lorsqu'il arrivera à Pittsburgh.

Alec ne reprend la conversation que lorsque Henry Dailey est couché :

— Quel dommage que Jimmy ne t'ait pas écouté ! Au lieu d'être désespéré, il serait regonflé à bloc !

Henry attend plusieurs secondes avant de répondre :

— Je préfère ne pas parler de ça cette nuit. Tout ce que je peux dire, c'est que j'ai manqué d'habileté. Je n'ai pas su me montrer convaincant. Jimmy s'est buté. Et il a exigé avant la course ces essais qui ont crevé le poulain.

Après un long moment de silence, Henry reprend :

— J'aurais pourtant aimé lui rendre service ! Il y a eu une époque, bien lointaine aujourd'hui, où il avait vingt ans et moi dix-huit. Il drivait déjà et gagnait beaucoup d'argent. Moi, je n'avais rien… sauf un cheval que je montais et dont j'étais certain qu'il pouvait réussir. Cependant, je ne possédais même pas les quelques dollars indispensables pour le faire transporter sur un hippodrome. Jimmy n'a fait aucune difficulté pour me les prêter. Plus tard, je l'ai remboursé.

— En somme, dit Alec, sans Jimmy tu ne serais probablement jamais arrivé à rien ?

— Ne dis pas « probablement », Alec. C'est sûr.

*
* *

Le lendemain matin, Alec emmène Feu de Joie en promenade et ensuite au pâturage. Tout en le regardant brouter, il pense : « Nous n'avons plus aucune raison de rester. Nous serions mieux à Goshen. Le Hambletonian est dans neuf jours. Il faut que je le rappelle à Henry. »

Mais ce n'est pas nécessaire, car Henry Dailey prend les devants. Dès qu'Alec regagne l'écurie, le vieil entraîneur lui dit :

— On part, Alec. Je crois que c'est la solution raisonnable.

— Quand ? Cet après-midi ?

— Non, tout de suite. Dès que nos bagages seront bouclés et que le poulain aura pris place dans le van. C'est moi qui conduirai. J'irai lentement. Inutile de nous presser.

— Et ta voiture ?

— Je reviendrai la chercher plus tard.

Joyeux, Alec s'exclame :

— Goshen, nous voilà !

Une heure ne s'est pas écoulée qu'ils roulent dans le van fraîchement repeint aux couleurs de Jimmy, le rouge et le blanc. Sur les côtés, on peut lire en lettres noires de quinze centimètres :

ÉCURIE JIMMY CREECH,
CORONET, PENNSYLVANIE

Henry tient le volant. Alec, assis près de lui, se retourne de temps à autre vers l'étroite fenêtre percée dans la cloison et surveille le poulain. Le vieil entraîneur a décidé de ne pas traverser New York, mais de contourner la ville en empruntant le pont de Bronx-White-stone. La circulation étant très dense, il lui faut souvent ralentir pour ne pas emboutir les véhicules roulant devant lui. Finalement, il réussit à sortir de l'autoroute et à prendre des voies secondaires qu'il connaît depuis longtemps. Alec, resté silencieux jusque-là, peut donc lui parler :

— J'aimerais avoir ton opinion, Henry, sur la forme de Feu de Joie. Tu crois qu'il aurait besoin d'un sérieux entraînement ?

— En réalité, répond le vieil entraîneur, c'est un mois d'entraînement qu'il lui faudrait avant le Hambletonian. S'il m'appartenait, je l'empêcherais de courir. N'oublie pas que cette épreuve comporte trois manches de mille six cents mètres chacune. Pour être déclaré vainqueur, Feu de Joie devra en gagner deux.

La voiture vient de s'engager sur le pont. Après un nouveau coup d'œil au poulain, Alec commente :

— Tu sembles, Henry, très bien renseigné sur le Hambletonian.

— C'est mon métier. Bien que je n'aie jamais pratiqué le trot, j'ai fini par le connaître presque aussi bien que le galop.

— Tu parlais de deux manches…

— Oui, interrompt Henry Dailey. Le Hambletonian ne ressemble pas aux nocturnes de l'hippodrome Roosevelt. C'est une épreuve éreintante entre poulains de grande valeur. Pour être vainqueur, il faut gagner deux manches sur trois. Si deux concurrents ont chacun gagné une manche, ils doivent se mesurer dans une troisième. C'est pour ça que le Hambletonian est une grande classique… dotée d'un prix de cent mille dollars !

Alec reprend, après un court silence :

— Feu de Joie est capable de remporter ce genre d'épreuve. Hier soir à l'entraînement… Tu as vu ?

— Il faudra qu'il trotte encore plus vite, réplique Henry. Et il ne sera pas seul sur la piste ! S'il commet la moindre faute, il est battu.

— Il n'en commettra pas, assure Alec.

— Espérons. Pour me résumer, il doit gagner deux manches. Toutefois, à l'allure où se déroulera la course, je ne le crois pas capable d'en gagner une troisième.

— On fera en sorte qu'il n'y ait pas de troisième manche, promet Alec avec une confiance qu'il est loin d'éprouver.

Ils arrivent à trois heures de l'après-midi au voisinage de Goshen, État de New York. Un village agricole. Des champs et des prairies à perte de vue. Des tracteurs aux moteurs bruyants. Un temps sec, ensoleillé, dont les fermiers profitent pour rentrer les foins.

Le van passe devant un immense écriteau représentant un magnifique cheval noir et, sous ce cheval, l'inscription suivante :

PRIX HAMBLETONIAN
7 août
100 000 dollars

La rue principale de Goshen est assez étroite. Entre les maisons anciennes entourées de vastes pelouses, Alec aperçoit l'hippodrome de Good Time Park. Ici, pas d'anneau de huit cents mètres, comme à Roosevelt, mais une piste de mille six cents mètres, constituée de trois lignes droites et rappelant vaguement la forme d'un cerf-volant. Inquiet, Alec se demande si Feu de Joie s'accommodera de cette piste bizarre autant que célèbre. Puis il se rassure en pensant que l'épreuve n'a lieu que dans une semaine…

Le village est désert. Seuls quelques enfants regardent passer le véhicule blanc et rouge. Sur la place, il y a une dizaine de voitures. Des femmes et des hommes, pour la plupart âgés, bavardent à l'ombre des arbres. Goshen ne sort de sa somnolence qu'une fois l'an, lorsque le Hambletonian attire, dans cette modeste agglomération, des milliers et des milliers de turfistes.

Henry Dailey vire à droite et se dirige vers la porte de l'hippodrome. Au-delà des palissades, apparaissent les écuries longues et basses qui, sans doute, abritent déjà des cracks d'une valeur inestimable.

Alec jette un dernier regard au village lui-même. N'est-il pas normal que la plus grande course de trot, et la plus richement dotée, ait lieu chaque année à Goshen ? C'est là, en effet, que, bien avant la Révolution américaine, quelques hommes ont fait courir leurs chevaux pour la première fois. C'est aussi à cinq ou six kilomètres de Goshen que dort de son dernier sommeil le glorieux étalon Hambletonian, qui a fondé aux États-Unis la famille innombrable des trotteurs.

Dès qu'il a franchi la porte de l'hippodrome, Henry Dailey serre ses freins et descend en annonçant :

— Je vais chercher l'endroit où on sera logés.

Tenus par des lads, des chevaux vont et viennent sur les pelouses. Certains hennissent. Feu de Joie leur répond et piétine le plancher du van.

— Un peu de calme, lui dit Alec. Tu ne vas pas tarder à sortir de ta prison.

Puis, en attendant Henry, il réfléchit, essaie de se représenter ce qui se produira les jours suivants. C'est ici que tout va se décider pour Feu de Joie et pour lui-même, pour Jimmy, pour Henry, pour Tom et pour George. Cinq hommes et un poulain !

*

* *

Le lendemain matin, Alec fait trotter Feu de Joie, sans forcer, sur la piste de Good Time Park. Le ciel nuageux annonce de la pluie pour l'après-midi. Cependant, comme le sol est sec, de nombreux poulains s'entraînent à fond.

Henry a dit à Alec :

— Pour ce matin, tu lui feras couvrir cinq fois mille six cents mètres, dans le sens contraire de la piste.

Le jeune garçon n'a rien d'autre à faire que de fermer l'œillère quand un cheval croise Feu de Joie sur sa droite. Mais, cette opération, il l'accomplit maintenant de façon machinale. De sorte qu'il peut observer à son aise les divers concurrents que Feu de Joie affrontera dans le Hambletonian.

Il reconnaît Vif-Argent que drive Fred Ringo. Il identifie également Silver Knight, Victory Boy, Chief Express. Il remarque que leurs drivers sont souvent aussi jeunes que Fred Ringo, et que tous ont l'air fatigué. Rien d'étonnant à cela. Ces garçons, Alec le sait, sont venus en avion de l'hippodrome Roosevelt, le matin même, pour entraîner leurs poulains sur la piste de Good Time Park. Et, leur entraînement terminé, ils regagneront Roosevelt afin d'y participer à une nocturne. Cette existence fiévreuse ne peut guère convenir à des hommes mûrs.

Pourtant, sur la piste, les drivers grisonnants sont assez nombreux. Certains conduisent des poulains de grande valeur, tels High Noon, Fibber, Bear Cat. Pour la plupart, ils ont couru le Hambletonian à maintes reprises. Alec pense à Jimmy Creech. « C'est lui qui devrait être à ma place. Il serait si heureux ! »

Feu de Joie semble apprécier les larges tournants de Good Time Park, et les trois longues lignes droites. Chaque fois que, blancs d'écume, des chevaux le croisent, il montre qu'il a envie de rebrousser chemin et de leur donner la chasse. Alec lui dit :

— Non, pas aujourd'hui. Bientôt, tu seras peut-être autorisé à prendre le bon sens de la piste. C'est Henry qui décidera… s'il est content de toi.

En passant devant les tribunes, Alec aperçoit Henry. Celui-ci est assis parmi quelques personnes qui lui posent des questions… en montrant l'œillère…

Une demi-heure plus tard, de retour à l'écurie, pendant le pansage du poulain, Henry demande à Alec :

— Pendant les derniers mille six cents mètres, tu n'as pas remarqué qu'il semblait un peu moins vif ?

— En effet, admet Alec. Je suppose qu'il commençait à se sentir fatigué.

— C'est cela. D'ailleurs, il était inondé de sueur. On aurait dit que tu lui avais demandé un travail très dur. Alors que c'était le contraire.

— Demain, le laisseras-tu tourner dans le bon sens de la piste ?

— Non. Il a encore besoin de trotter en souplesse. Tu lui feras faire six fois mille six cents mètres, à une allure un peu plus rapide qu'aujourd'hui. Et, après-demain, nous serons encore plus exigeants avec lui.

Alec sent bien que Henry Dailey a raison, que celui-ci veut surtout donner au poulain plus d'endurance. Mais lui-même, ayant déjà observé les autres concurrents, souhaite que Feu de Joie se mesure au plus vite avec eux et fasse ainsi la preuve qu'il est capable de tenir sa place dans une grande course comme le Hambletonian. Pourtant, le plus sage n'est-il pas de rester calme, d'attendre que Henry donne de nouvelles instructions ?

Les deux matins suivants, Alec a la surprise, plutôt agréable, de constater que les autres chevaux trottent tranquillement, comme Feu de Joie, dans le mauvais sens de la piste. Il est donc débarrassé de l'angoisse qu'ils lui donnent chaque fois qu'ils le croisent à pleine vitesse, et il lui devient possible, tout en entraînant Feu de Joie, de les observer avec plus d'attention encore qu'auparavant. Il apprend ainsi que Vif-Argent, fils de Titan Hanover, drivé par Fred Ringo, a les jambes lourdes et ne peut être un rival bien dangereux, et que Silver Knight est incontestablement rapide. Néanmoins, les concurrents les plus redoutables lui paraissent ceux que drivent des hommes mûrs. Ceux-ci témoignent d'une ténacité peu commune et semblent posséder un moral d'acier. Ils plaisantent entre eux, accumulent les tours de piste sans donner le moindre signe de fatigue. Et Alec se répète : « Parmi eux, Jimmy Creech se serait senti dans son vrai milieu. Quel dommage que la maladie l'empêche de continuer à jouer un rôle actif ! »

Le samedi matin, tout change encore une fois. Ce jour-là, les concurrents du Hambletonian subissent un nouvel entraînement sérieux, le dernier avant la course. L'atmosphère est à la gravité. Les drivers grisonnants eux-mêmes n'échangent plus de plaisanteries.

Alec fait trotter Feu de Joie, sans forcer, comme lors des entraînements précédents, et doit se contenter de n'être en somme qu'un spectateur. La forme des autres chevaux lui paraît si impressionnante qu'il manque de céder au découragement.

Quand il a fait tourner Feu de Joie six fois autour de la piste, il regagne l'écurie. Henry remarque immédiatement son expression inquiète.

— Arrête de t'occuper des autres, lui dit-il. Ne pense qu'à ton poulain. Il est en sueur, certes, mais moins qu'avant. On est sur la bonne voie. Dans quelques semaines, il sera au point.

Alec sursaute.

— Mais, Henry, il ne nous reste que trois jours ! Je voudrais tant que tu le laisses s'entraîner à fond ! Il ne demande que ça !

Henry Dailey sourit.

— Qu'il attende encore un peu. Dans trois jours, il pourra donner toute sa mesure… et toi aussi.

Il ajoute en posant une main sur l'épaule d'Alec :

— C'est une très bonne chose qu'il ait envie de foncer. Quand il pourra le faire, je serai là et je vous observerai tous les deux.

Le dimanche soir, Goshen est tiré de sa somnolence par une première vague de turfistes. Il n'y a qu'une auberge et un hôtel. Ils se remplissent rapidement. D'autres turfistes s'entassent dans les villages voisins. Dès le lundi matin, l'hippodrome de Good Time Park change d'aspect. D'immenses toiles, alternativement bleues et orange, sont tendues au-dessus de la pelouse. Des tentes se dressent çà et là où l'on vendra des sandwichs et des rafraîchissements. Puis, à la pointe du poteau qui se dresse près des guichets, on hisse un drapeau azur et blanc.

La grande semaine commence !

Ce lundi, peu après le déjeuner, Henry Dailey se rend au secrétariat de l'hippodrome, déclare Feu de Joie partant dans le Hambletonian, dépose un chèque de cinq cents dollars, puis tire au sort un numéro : le six.

De retour à l'écurie, il annonce à Alec :

— Voilà, c'est fait. Il ne nous reste qu'à attendre mercredi, c'est-à-dire quarante-huit heures.

— Quel numéro tu as tiré ?

— L'un des meilleurs, le six. Il y a dix-huit concurrents répartis sur deux rangs derrière l'auto-start. On est donc dans le premier.

— Ainsi, on peut espérer éviter la bousculade du départ ?

Henry esquisse un sourire.

— Oui, sans doute. Ça me paraît même plus sûr que de voir Jimmy Creech me rembourser un jour les cinq cents dollars que je viens de verser en son nom !

Le mardi matin – veille du Hambletonian –, les journaux du matin publient, sur tout le territoire des États-Unis, un article dû à la plume du célèbre chroniqueur hippique Count Cornvell :

DEMAIN, DIX-HUIT CONCURRENTS S'AFFRONTERONT DANS LE HAMBLETONIAN. FAVORI : VIF-ARGENT

Goshen, État de New York, le 6 août. – Dix-huit chevaux sont inscrits dans le Hambletonian, épreuve illustre dotée d'un prix de cent mille dollars !

On prétend aussi qu'elle sera cette année d'une rapidité exceptionnelle. La plupart des concurrents ont déjà battu des records. Toutes les personnes qui ont pu assister à leur entraînement ces derniers jours les ont jugés dans une condition parfaite.

Pour cette raison, et en tenant compte du fait que rares sont ceux qui se sont rencontrés depuis un an, il est difficile de désigner à coup sûr un favori. Vif-Argent semble devoir l'emporter, si l'on considère ses victoires spectaculaires en nocturne, à l'hippodrome Roosevelt, sur Victory Boy, Chief Express et Silver Knight. Ces trois derniers paraissent s'être bien adaptés à la piste de Good Time Park. Leurs temps à l'entraînement en sont la preuve. Silver Knight, en particulier, est encore en progrès. Peut-être avait-il besoin de lignes droites plus longues. Il est à noter également qu'il n'est plus drivé par Fred Ringo, mais par Paco Deblois. Un tel détail a quelquefois son importance.

Cependant, les vieux turfistes, qui, jour après jour, ont assisté à l'entraînement, n'ont été impressionnés ni par les concurrents, ni par les jeunes drivers, auxquels ils reprochent leur « mauvaise mine », leurs traits ravagés. Si vous les interrogez, ils vous diront que le Hambletonian a presque toujours été gagné par des hommes âgés. Si vous les poussez un peu, ils déclarent : « Demain, les poulains à observer sont High Noon, Fibber, Bear Cat, Princess Guy, Ghost Raider, Tanger, tous drivés par des gars qui ont plus de cinquante ans, qui n'en sont pas à leur premier Hambletonian et qui connaissent la musique ! » Certains ajoutent : « Il y a aussi les poulains qui n'ont pratiquement pas couru cette année, sauf dans de petites réunions provinciales : Cricket, Roi Midas, Big Venture, Feu de Joie, Star Queen, Lord Bobbie, Mismatch et Le Saint. Ils ne seraient pas venus à Goshen si leurs entraîneurs ne leur voyaient pas une chance. À l'entraînement ces poulains ont été très brillants. Sauf Feu de Joie. Celui-là, pourquoi s'est-on contenté de le promener au petit trot ? Allez donc savoir ! »

Il ne vous reste plus qu'à faire votre choix parmi les meilleurs trois ans des États-Unis. Ils sont réunis à Goshen. Ceux qui les driveront seront mûrs et expérimentés, ou jeunes et dévorés d'ambition. La récompense est élevée : cent mille dollars.

Et le gagnant aura à jamais sa place dans l'histoire du trot.

*
* *

La soirée du mardi est fraîche et agréable. Toutefois l'atmosphère semble parfois électrisée par la fièvre de l'attente. Henry Dailey dit à Alec :

— Ne restons pas ici. Allons dîner à l'auberge. Un peu de changement nous fera du bien.

— Et le poulain ? demande Alec.

— Je vais trouver quelqu'un pour s'occuper de lui. D'ailleurs, on ne sera pas longtemps absents.

Un quart d'heure plus tard, ils sortent de l'hippodrome, traversent le village, puis la place où une fête foraine bat son plein, et pénètrent dans l'auberge. La salle est surpeuplée. Dès qu'ils ont trouvé une table, Henry se laisse tomber lourdement sur sa chaise et dit, moqueur, en promenant un regard circulaire :

— Et moi qui parlais de changement !

En effet, les murs disparaissent sous des photographies de chevaux ! Comme Alec ne peut s'empêcher de les examiner, le vieil entraîneur lui ordonne :

— Arrête de t'intéresser à ça. Regarde plutôt les clients. Ou bien consulte le menu.

Alec prend le menu. Mais, malgré lui, il tend l'oreille aux conversations engagées autour d'eux. À toutes les tables, on ne s'entretient que de la course.

— Ce soir, dit le jeune garçon, je crois qu'on aura du mal à oublier les chevaux.

— C'est bien mon avis aussi, répond Henry. Mais arrange-toi pour ne pas entendre.

Une serveuse s'approche, prend la commande et s'éloigne. Alec se tourne vers la fenêtre qui s'ouvre près de leur table. À très courte distance, se dessine la deuxième piste de Good Time Park : huit cents mètres et une petite tribune.

— Voilà un village gros comme une noisette, dit Henry. Et il possède deux pistes. Il y a là quelque chose d'unique dans notre pays !

— C'est peut-être l'une des raisons pour lesquelles le Hambletonian a lieu ici.

Le dîner terminé, ils se promènent un peu, puis, machinalement, se dirigent vers la deuxième piste et, en longeant la barrière, ils reviennent aux écuries.

Henry grogne :

— Tu parles d'un changement ! Nous revoilà à notre point de départ. Quand je pense qu'on s'était promis de rester une heure ou deux loin des pistes et des chevaux !

Alec éclate de rire.

— Qu'est-ce que tu veux, Henry ? C'est plus fort que nous !

Ils passent devant les écuries. De l'une d'elles, sort un homme entre deux âges, qui a les traits moins creusés que Jimmy Creech, mais lui ressemble vaguement.

— Comment ça va ? demande-t-il en enlevant sa casquette et montrant un crâne chauve entouré d'une couronne de cheveux blancs.

— Je vous souhaite bonne chance pour demain, dit Henry Dailey.

Alec pense : « Pas trop bonne quand même ! » En effet, cet homme plus que mûr n'est autre que Silas Bauder, qui, l'année précédente, a remporté le Hambletonian et qui, le lendemain, doit driver Bear Cat, un poulain qui a fait ses preuves.

— Bonne chance à vous aussi, répond Silas Bauder en regardant tour à tour Henry et Alec. Vous avez un superbe poulain, c'est vrai. Mais, jusqu'ici, j'ai l'impression que vous ne l'avez guère poussé. Je me trompe ?

— Non, dit Henry. Mais il ira bien, vous verrez.

— J'en suis certain, assure Silas Bauder qui paraît d'humeur à bavarder. Il y a ici, en ce moment, de nombreux poulains de valeur. Autant que je m'en souvienne, c'est la meilleure année depuis longtemps. Aussi, ajoute-t-il en riant, il y aura demain une jolie bagarre !

— Où est-ce que vous avez couru cette saison, monsieur Bauder ? demande Alec.

— D'abord, ne m'appelez pas « monsieur ». Appelez-moi Silas. Tout le printemps, j'ai drivé Bear Cat en Californie. Puis je suis venu ici. Pour Bear Cat, toujours des pistes de mille six cents mètres.

Puis s'adressant plus directement à Henry Dailey :

— N'y voyez pas malice. Mais je crois de mon devoir de vous dire que j'ai un avantage énorme sur vous. Mon poulain, comme je vous le disais, est habitué aux mille six cents mètres. Alors que le vôtre n'a jamais couru que sur des pistes de huit cents. Habituer un cheval au profil de certaines pistes n'est pas une petite affaire. Il faut y consacrer beaucoup de temps. Mais, quand je dis ça, c'est comme si je prêchais dans le désert. On me prend pour un toqué.

— Pas moi, dit Henry.

Silas Bauder sourit.

— Merci. Malheureusement, mon conseil arrive trop tard pour vous être utile, n'est-ce pas ?

— Oui, trop tard, admet Henry.

Sur ces mots, on se sépare. Henry et Alec quittent les écuries, reviennent sur leurs pas, se promènent un peu dans Goshen dont la population semble avoir centuplé depuis quelques jours, puis, arrivés devant leur hôtel, ils gravissent les marches du perron. Henry conduit Alec à l'extrémité de la longue véranda, jusqu'à un coin à peu près tranquille. Ils se trouvent ainsi en dehors de l'activité intense qui règne dans la petite agglomération, sans cesser toutefois d'en faire partie. Longuement, ils restent silencieux, chacun plongé dans des pensées assez étrangères à celles des personnes qui encombrent la rue.

Alec évoque les quatre cents mètres où, dans la matinée, il a pu enfin permettre à Feu de Joie de se donner à fond. Et il se souvient des difficultés qu'il a eues à l'empêcher de dépasser la distance fixée par Henry. Il y a tant de jours que le poulain guettait le moment de faire demi-tour et de se lancer dans le bon sens de la piste ! Alec aurait bien voulu le laisser aller à sa guise. Mais il sait qu'il a le devoir de le retenir, afin de lui garder intactes pour le lendemain sa pointe de vitesse et son endurance.

Henry Dailey, qui a mis ses pieds sur la balustrade de la véranda, les repose sur le sol en disant :

— À propos des quatre cents mètres que tu as faits ce matin…

— Oui, Henry ?

— Quand tu as ralenti le poulain et qu'une jument noire l'a dépassé, n'as-tu pas été un peu lent à fermer l'œillère ?

— Un peu lent, oui. Cette jument m'a surpris, ou alors j'étais trop obsédé par la distance que tu avais fixée. Elle m'a donné l'impression de surgir comme par enchantement. Mais, à y bien réfléchir, je ne crois pas avoir fermé l'œillère trop tard.

Henry Dailey remet ses pieds sur la balustrade et ne paraît plus occupé qu'à contempler le flot des passants. En réalité, il ne voit rien. Il tourne et retourne dans sa tête un problème qui le hante. La solution correcte de ce problème lui semble d'une importance supérieure à tout, même à une victoire dans le Hambletonian. Et il n'a même pas vingt-quatre heures pour la trouver et prendre sa décision.

— Alec…

— Je t'écoute, Henry.

Le vieil entraîneur ne se tourne pas vers le jeune garçon. Il garde les yeux fixés sur les pointes de ses souliers.

— J'aimerais que tu me donnes ton avis.

— Ça ne t'arrive pas souvent ! s'exclame Alec, gaiement.

— C'est vrai. Voyons, dis-moi, que s'est-il passé quand la jument noire a commencé de doubler le poulain… alors que tu n'avais pas encore fermé l'œillère ?

— Feu de Joie n'a pas bronché. Quant à l'œillère, je ne crois pas l'avoir fermée trop tard. Je te l'ai déjà dit, Henry.

— Et si tu l'avais fermée trop tard ?

— Tu sais aussi bien que moi ce qui se serait produit ! proteste le jeune garçon avec étonnement.

— Eh bien, non, je ne le sais pas, déclare Henry Dailey d'un ton rude. C'est pour ça que je te pose la question. Ne me réponds pas à la légère. Sois très sérieux, comme je le suis. Quand la jument noire a commencé à vous remonter et avant que tu aies fermé l'œillère, est-ce que tu as eu l'impression d'une réaction quelconque de la part du poulain ?

— Non, non et non ! affirme Alec avec force. Je ne sais pas où tu veux en venir, Henry. Tout cela, je te l'ai dit, répété !

Le vieil entraîneur se retourne vers le jeune garçon.

— Eh bien, voilà où je veux en venir : il faut supprimer l'œillère.

Alec reste bouche bée un instant, puis balbutie :

— Tu… tu ne veux pas dire demain ?

— Si, justement, après ce que j'ai vu de mes yeux et ce que tu me dis, je crois que le poulain peut s'en passer. Il l'a portée dans une course et tout au long de ses entraînements. Il a retrouvé confiance en lui-même. Il sait aujourd'hui que, lorsqu'il est dépassé, il ne va pas être bousculé. Voilà pourquoi je dis : supprimons l'œillère.

Alec, la gorge serrée, murmure :

— Mais, Henry, pourquoi demain ?

— Et pourquoi pas demain ? Quand un accessoire de ce genre a rempli son but, il faut le supprimer le plus tôt possible. Sinon, le cheval s'y habitue, ne peut plus s'en passer, et il faut le lui laisser jusqu'à sa mort.

Henry Dailey reprend après quelques secondes :

— Imagine, Alec, un père qui doit enlever à son fils ses lunettes dès qu'il n'en a plus besoin. S'il les lui laisse, l'enfant s'y habitue et proteste quand on veut l'en priver. C'est le même problème que pour l'œillère.

Alec cherche à discuter :

— Mais, Henry, demain… quel risque ! Et il n'y a pas que le poulain ! On doit penser à Jimmy, à George, à Tom. Ils seront présents. Ils croiront qu'on a perdu la tête ! Ils jugeront que…

Alec s'arrête, impressionné par le regard que son ami fixe sur lui. Henry Dailey aurait pu répliquer : « Moi aussi, je pense à eux… et à toi surtout ! » Mais il n'en fait rien. Il ne veut pas qu'Alec devine qu'il est plus inquiet que lui. Il n'aime pas ce qui se reflète dans les yeux du jeune garçon. En somme, il se sent plus sûr du poulain que d'Alec. Celui-ci en est-il arrivé à dépendre de l'œillère plus encore que Feu de Joie ?

Après un très long silence, Henry se détourne en concluant :

— Puisque tel est ton point de vue, Alec, restons-en là. Mettons que je n'ai rien dit. Je voulais simplement étudier la question avec toi.

À ce moment, dans la rue, des garçons et des filles défilent en chantant et en brandissant des drapeaux sur lesquels sont inscrits les noms des poulains qui doivent s'affronter le lendemain.

Henry Dailey les suit du regard jusqu'à ce qu'ils aient disparu. Il a déjà décidé ce qu'il ferait…

En somme, il s'est bien trompé ! Il a cru qu'Alec accepterait sans peine la suppression de l'œillère. Or, c'est tout le contraire ! Maintenant, le vieil entraîneur se voit contraint d'agir seul. Qu'a-t-il déchiffré dans les yeux d'Alec ? Crainte pour lui-même ? Soucis que lui inspire le poulain ? Henry n'aurait su le dire avec précision. Toutefois, il est résolu à en avoir le cœur net. Rien ne lui paraît plus important. Il ne veut pour rien au monde ramener chez eux, au Ranch de l'Espoir, un Alec Ramsay susceptible, désormais, d'éprouver de la peur.

Henry Dailey écarte de sa méditation Jimmy Creech, Tom, George, Feu de Joie, même les cent mille dollars du Hambletonian. Seule le préoccupe sa profonde affection pour Alec.

— Moi aussi, je joue gros dans cette affaire, murmure-t-il sans se rendre compte que son compagnon peut l'entendre. Oh ! il faut que je réussisse ! Pourvu, surtout, qu'Alec ne s'affole pas… qu'il s'aperçoive à temps que l'œillère est désormais inutile !

— Qu'est-ce que tu disais, Henry ? demande le jeune garçon.

— Rien… rien, je bougonnais, répond le vieil entraîneur en se levant. Retournons à l'écurie. La récréation est terminée.

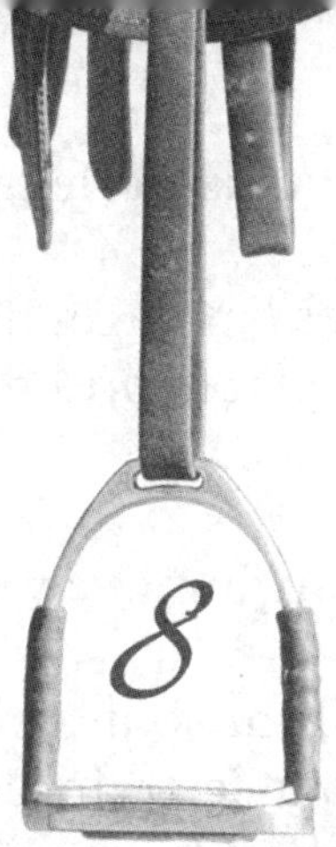

8 Le grand jour

À midi, Alec et Henry conduisent Feu de Joie au paddock. Les dix-sept autres concurrents y sont déjà rassemblés, ainsi que leurs drivers, leurs propriétaires et leurs lads. Pas un nuage dans le ciel mais l'atmosphère est chargée d'humidité. À l'exception de Feu de Joie, tous les poulains portent leur couverture. Ils viennent en effet de terminer un entraînement de mille six cents mètres. Cet entraînement était censé les préparer à la grande épreuve qui a lieu à trois heures.

Henry Dailey regarde autour de lui et dit, en prenant un ton léger :

— Aujourd'hui, il y a une assistance monstre. Je vois non seulement les propriétaires, mais leurs amis et les amis de leurs amis !

Alec, qui achève d'enlever les bandages de Feu de Joie, se redresse, va se placer près de Henry et demande :

— Où est Jimmy ?

— Probablement dans les tribunes avec Tom et George.

Jimmy Creech, George et Tom sont arrivés au cours de la matinée par le train de Pittsburgh. Tom a pu sans difficulté, grâce à ses béquilles, faire le tour des écuries. Un peu plus tard, George a insisté pour que le blessé aille s'asseoir dans les tribunes.

— Au paddock, il y a trop de monde, a-t-il ajouté. Tu risquerais d'être bousculé. On peut déjà être content d'être ici. Faut jamais être trop exigeant avec la chance.

Alec regarde Feu de Joie. Le poulain tire sur son licol et a déjà le poitrail en sueur. Il sait sûrement qu'il va courir. Il commence à s'impatienter.

— Maintenant, Alec, dit Henry, tu peux lui mettre la couverture.

Dans la stalle voisine, qui porte le numéro sept, il y a Bear Cat. Devant ce dernier, Silas Bauder bavarde avec des amis, tandis qu'à quelques pas de lui un photographe de presse prend des photos.

— J'aurais préféré, dit Alec, que ce poulain ne soit pas si près de moi.

Henry approuve d'un signe de tête.

— Dès le départ, il faudra t'arranger pour le semer.

Il se tourne vers la stalle numéro cinq, examine la petite pouliche noire qui s'y tient et reprend :

— De ce côté-là, aussi, il y a danger pour toi. Princess Guy ne lambinera pas. Elle déboule très vite.

Alec hausse les épaules.

— De toute façon, on est au premier rang derrière l'auto-start. On a donc au moins une chance de prendre un bon départ.

— Oui, au moins une chance, répète Henry avec un sourire. En somme, Alec, on n'a aucune raison d'être inquiets. Décontracte-toi.

— Oh ! mais je suis décontracté. C'est l'attente qui est insupportable.

Et pour essayer de s'occuper, Alec rentre dans la stalle.

Au bout d'une heure, les poulains sortent pour leur deuxième entraînement préliminaire. Cette fois, Bear Cat reste dans le paddock avec Feu de Joie. Henry Dailey scrute le poulain brun, aux jambes longues, puis son driver, Silas Bauder, qui se promène avec des amis.

— J'ai l'impression que Bauder a décidé de ne pas participer au deuxième entraînement, dit-il. Il est agréable de constater qu'on n'est pas seuls à désapprouver cette méthode…

— J'aurais préféré qu'il impose à Bear Cat une fatigue inutile, répond Alec.

— Voilà que tu recommences à te faire de la bile ! plaisante Henry.

Le coin qu'ils occupent dans le paddock est maintenant désert et silencieux. Puis soudain, trois silhouettes se dessinent à l'entrée : Jimmy, George et Tom.

— Moi qui les croyais dans les tribunes ! grommelle Henry. On ne sera donc jamais tranquilles ?

Alec fait observer, avec un rien d'irritation dans la voix :

— Ils ont autant que nous le droit d'être ici !

Depuis le matin, il a les nerfs en pelote. Et il estime avoir de bonnes raisons pour cela. Il n'apprécie guère les responsabilités qui pèsent sur ses épaules. Certes, il est bien résolu à tirer le meilleur parti de son association avec Feu de Joie. Mais faut-il en outre qu'il ait sans arrêt présente à l'esprit l'importance qu'accordent au Hambletonian les trois nouveaux venus maintenant plantés devant la stalle ?

Creech explique :

— Tom voulait jeter un dernier coup d'œil au poulain avant la course. J'ai pensé que le moment n'était pas mal choisi. Il y a beaucoup moins de monde qu'avant.

— C'est vrai, dit Henry.

Tom se dirige vers Alec. Il se déplace facilement sur ses béquilles. Quant à ses yeux, quelle éloquence ! Des yeux qui répètent tout ce qui est utile, nécessaire, indispensable. Deux heures plus tôt en effet, dans l'écurie, Tom et Alec ont eu une conversation. Ils ont étudié les moindres détails. Alors, maintenant, à quoi bon parler ?

Henry ne peut s'empêcher de les contempler. « Voilà, songe-t-il, cette génération sur laquelle repose l'avenir des courses ! Nous autres – Jimmy Creech, Silas Bauder, moi-même –, nous sommes bons pour la retraite, comme des chevaux hors d'âge. Mais nous laisserons notre sport en de jeunes et bonnes mains… »

Tom Messenger possède la détermination et le courage qui permettent d'atteindre les sommets dans les courses de trot. En somme, l'essentiel. Il ne lui manque qu'un peu de temps… Oui, un peu de temps pour se développer physiquement, prendre du poids, combler les vides de sa charpente trop osseuse, pour se débarrasser aussi de son impétuosité et de ce sens du devoir trop minutieux, trop intransigeant, qui lui a joué un si mauvais tour.

Alec présente avec Tom un contraste frappant : un souple lévrier et un danois efflanqué. Le visage d'Alec est aussi sérieux que celui de Tom. La différence réside en ceci qu'Alec envoie promener toute minutie, tout scrupule exagéré, toute inquiétude superflue, quand il est engagé dans une épreuve quelconque. Par exemple, dès le moment où Feu de Joie commencera à fouler la piste, Alec ne pensera plus à autre chose qu'à la course. D'instinct, il accomplira les gestes indispensables, bref il fera ce qu'il faut faire en pareil cas et ne songera qu'à son poulain. Les nombreux grands classiques auxquels il a participé ont fait de lui un homme – et cela bien avant l'heure.

S'arrachant à ses réflexions, Henry Dailey se tourne vers l'hippodrome.

Il voit, au-delà de la clôture du paddock, des milliers et des milliers de personnes qui attendent la première course de la journée. Certaines pique-niquent à l'ombre des arbres. D'autres déjeunent sous les tentes. D'autres encore ont déjà pris place dans les tribunes ou, accoudées à la grille du pesage, patientent en bavardant.

Par le truchement des haut-parleurs, le présentateur prend la parole :

— Mesdames et messieurs, puis-je me permettre de vous demander quelque attention ? En ce moment, sur la piste, s'entraînent les poulains engagés dans le Hambletonian. Celui qui passe devant les tribunes est Vif-Argent. Il est drivé par Fred Ringo, lequel, ayant déjà remporté de nombreux succès à l'hippodrome Roosevelt, participe pour la première fois au Hambletonian... Derrière lui, à la corde, voilà Princess Guy, drivée par Frank Lutz. M. Lutz est un vétéran du Hambletonian. Douze participations, une victoire... Maintenant, après le tournant et s'engageant dans la ligne droite, vous voyez, les uns derrière les autres, Silver Knight, Mismatch, Cricket et Tanger. Je me permets d'expliquer à ceux d'entre vous qui ne seraient pas familiarisés avec le trot attelé que ces entraînements sont destinés à échauffer les poulains et à les assouplir avant la course. Pour l'instant, ils couvrent mille six cents mètres assez lentement. Le prochain essai, qui aura lieu dans une heure environ, sera plus rapide… Silver Knight est drivé par Paco Deblois, Mismatch est drivé par…

Jimmy Creech, qui, jusque-là, a écouté attentivement le speaker, se tourne vers Henry Dailey.

— Tu ne crois pas qu'il serait raisonnable de travailler un peu Feu de Joie avant la course ?

— Non, je ne le crois pas. Alec le fera s'échauffer juste avant le départ. Ça suffira.

— Selon toi, combien de manches tiendra-t-il ?

— Deux, quelle que soit la vitesse, répond Henry. Ce sera assez pour qu'il gagne, du moins je l'espère. Si une troisième manche lui est imposée, elle sera dure pour lui.

— Et pour nous donc ! s'exclame Jimmy.

*

* *

Jimmy, George et Tom sortent du paddock au moment où les poulains y rentrent. Alec remonte la couverture plus haut sur l'encolure de Feu de Joie. Ensuite, pour tuer le temps, il regarde les drivers dételer leurs poulains, les éponger, leur brosser la crinière et la queue, puis leur jeter une couverture sur le dos et les faire reculer dans les stalles.

Quand les premières courses commencent, Alec sent croître sa nervosité. Il sait qu'il en va de même pour Henry, comme pour tous les hommes – drivers, propriétaires et lads – réunis aux quatre coins du paddock. Mais comment rester calme avec, dans les oreilles, le ronflement du moteur de l'auto-start, avec le roulement des sabots sur la piste, la voix du présentateur diffusée par les haut-parleurs et les cris des turfistes ?

Immédiatement après la première course, les poulains engagés dans le Hambletonian accomplissent leur dernier entraînement. Maintenant, dans une heure…

À plusieurs reprises, Henry Dailey ne peut se retenir d'examiner Bear Cat. Et il finit par acquérir la conviction que Silas Bauder, obsédé par la volonté de remporter la victoire de sa vie, a bien préparé son poulain, l'a soigneusement « affûté » ! Comme Feu de Joie,

Bear Cat est fin, merveilleusement musclé, et très sensible. Quant à Silas Bauder, en vieux routier qu'il est, il a compris depuis longtemps à qui il a affaire. En conséquence, il a modifié, au moins en partie, la méthode qui lui est pourtant habituelle. Ainsi, il a décidé que Bear Cat ne participerait pas au dernier entraînement.

Henry Dailey, après un coup d'œil à sa montre, s'approche de Feu de Joie, soulève la couverture, passe sa main sur le dos humide.

— Il commence à s'impatienter, dit Alec. Il ne faudrait plus que ça tarde trop…

— Je sais, répond Henry.

Pour lui, il n'y a qu'une différence presque imperceptible entre l'énergie trop contenue et la fatigue nerveuse, et cela vaut autant pour les chevaux que pour les hommes.

— Quand tu seras là-bas, conseille-t-il au jeune garçon, fais-le trotter sans forcer sur mille six cents mètres. Puis tu prendras aussitôt ta place derrière l'auto-start.

Alec, d'un signe de tête, montre qu'il a compris. Quelques minutes après, le juge du paddock annonce :

— Première manche du Hambletonian. Préparez vos poulains !

Alec retire d'un geste la couverture. Feu de Joie s'ébroue, piaffe. Il sait que le moment approche.

Henry assujettit l'œillère, manipule le ressort. Cela paraît si simple, presque enfantin ! Il n'a rien d'autre à faire que de détacher la corde. Il regarde dans la direction d'Alec…

À cet instant, une voix, dans son dos, le fait sursauter :

— Je ne pouvais pas rester à me tourner les pouces dans les tribunes. Je viens vous aider.

C'est Jimmy Creech. Portant le harnais, il suit Alec dans la stalle.

Henry les observe. Comme Jimmy, dans son émotion, semble maladroit ! C'est Alec qui fait tout le travail. Il place le harnais, boucle les courroies, tout en s'efforçant d'apaiser le poulain.

— Qu'est-ce que tu attends, Henry ? demande-t-il tout à coup. Mets la bride !

Le vieil entraîneur s'exécute, tandis que Jimmy Creech et Alec abaissent, au fond de la stalle, les brancards du sulky. Henry remarque que les yeux de Jimmy, très enfoncés dans les orbites, sont fixés sur lui. Dans ces yeux, il lit la souffrance et l'espoir. Une minute après, en rassemblant les rênes et la corde, et en les tendant à Alec, il formule pour lui-même, dans son for intérieur, cette promesse : « Ce sera pour la prochaine manche. Notre poulain va sûrement gagner la première. Alors, au retour ici, dans l'enthousiasme général, personne ne fera attention à moi… »

Alec conduit Feu de Joie vers la sortie du paddock. Jimmy Creech marche près de lui, Henry tient la bride. Le jeune garçon éprouve une sensation profonde de soulagement à l'idée que l'attente est enfin terminée. Il est heureux aussi d'écouter les cris des spectateurs qui se pressent à droite et à gauche de l'allée.

Un employé de l'hippodrome arrête la longue file des concurrents devant la porte donnant accès à la piste. Une nouvelle attente commence, dans l'impatience générale. Des caméras de télévision sont braquées sur les attelages. La foule tente de rompre les barrages, interpelle les drivers.

Ainsi, une voix masculine s'adressant à Silas Bauder :

— Silas, qui va gagner cette année ? Vous encore ?

Le vétéran, placé juste derrière Alec, ne répond pas.

Soudain, quelqu'un reconnaît Jimmy Creech.

— Salut, Jimmy ! Pourquoi êtes-vous si nerveux ? Y a pas de quoi. Le Hambletonian, c'est la même chose qu'une course en province.

Jimmy Creech se tourne dans la direction d'où vient la voix et répond avec un pâle sourire :

— Je ne suis pas nerveux. Je suis trop vieux pour ça.

Cette réplique déclenche une explosion d'hilarité.

À ce moment, sur la piste, l'orchestre se met à jouer. Alec ouvre ses oreilles. Il sait que la musique est encore ce qu'il y a de mieux pour réduire la tension. L'orchestre joue ainsi quelques mesures des airs particuliers aux différents États où les poulains ont vu le jour :

La Polka de Pennsylvanie, pour Feu de Joie et Princess Guy.

Chère Californie, pour Bear Cat et Mismatch.

Vivent l'Alabama et mon banjo ! pour High Noon et Cricket.

Grandiose État de New York, pour Victory Boy, Chief Express et Vif-Argent.

Oh ! mon Indiana ! pour Lord Bobbie.

Le Texas te regarde ! pour Roi Midas et Le Saint.

Ma Caroline, pour Big Venture.

En descendant l'Ohio, pour Star Queen.

Mon Vieux Kentucky, pour Ghost Raider, Fibber et Tanger.

Et enfin, *La Lune sur Miami*, pour le poulain gris de Floride, Silver Knight.

La porte s'ouvre et, dans le silence des tribunes et de la pelouse, le présentateur annonce :

— Mesdames et messieurs, les concurrents pénètrent sur la piste pour disputer la première manche du Hambletonian. Cette course est patronnée par la Société Hambletonian et dotée aujourd'hui d'un prix plus élevé que tous ceux de sa longue histoire, car il atteint cent mille dollars !

Alec sent sur son épaule la main décharnée de Jimmy Creech. Puis le vieil entraîneur s'éloigne sans un mot. Henry ne lâche la bride que lorsque le poulain a franchi le seuil de l'entrée.

— C'est dans la poche, Alec, dit-il d'un ton dégagé.

Alec essaie, sans succès, de lui rendre son sourire. Quant à parler, impossible. Il a la langue sèche et une boule dans la gorge. Il se contente donc de faire avancer Feu de Joie sur la piste. Maintenant, il n'y a plus personne pour les aider. Ils sont seuls.

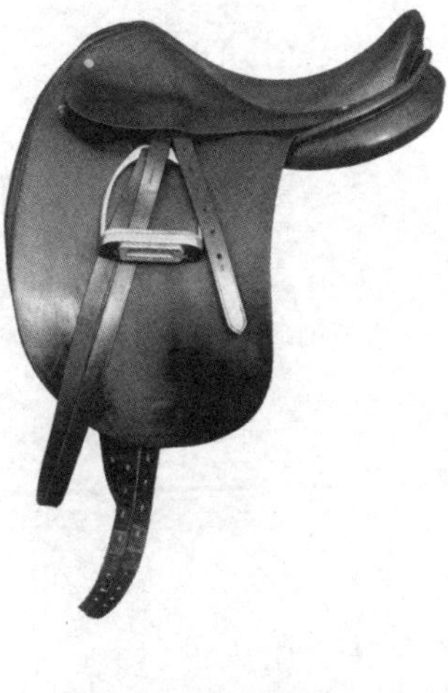

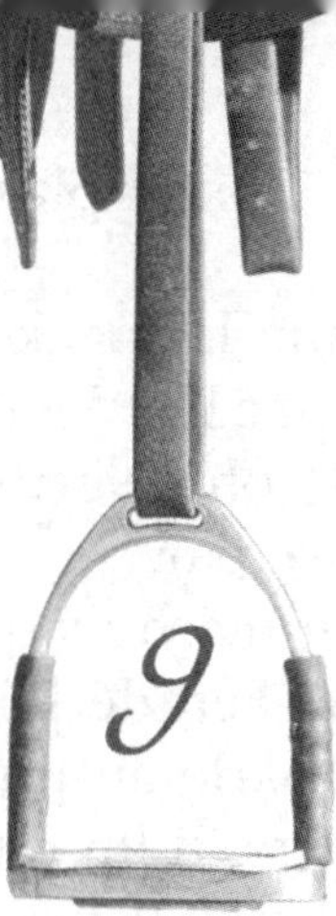

9 Le Hambletonian

Alec se serait senti moins isolé sur n'importe quelle autre piste. Il regarde les deux « maîtres des cérémonies » qui, en uniforme rouge et montés sur des alezans, ont pris la tête du défilé. Ces deux fonctionnaires de l'hippodrome représentent, dans le décor, l'unique détail qui lui soit familier. Et, pendant un court instant, il regrette de ne pas être en selle sur Feu de Joie, plutôt que derrière lui, sur le siège d'un sulky.

Le présentateur prend la parole :

— Le numéro un est Silver Knight, poulain gris, par Volomite et Gray Dream. Propriétaire, M. Peter Coniver, de Venice, Floride. Silver Knight est drivé par Paco Deblois.

Alec pense : « Numéro un. Bonne place. Silver Knight est un veinard. »

— Le numéro deux, continue le speaker, est Roi Midas, poulain alezan, par Hot Moon et Royal Maid. Propriétaire, M. John Neville, de Fort Worth, Texas. Il est drivé par…

Alec jette un coup d'œil au numéro six qui se balance entre les oreilles de Feu de Joie. Et, en se servant des rênes, il parle au poulain. Dans ce mystérieux langage, il lui dit : « Après les présentations, je te ferai aller sans forcer. » Ce n'est pas la première fois qu'Alec affronte des concurrents aussi nombreux : dix-sept ! Mais, aujourd'hui, ces concurrents ne sont pas des galopeurs. Il s'agit de dix-sept trotteurs traînant des sulkies…

— Le numéro cinq, continue le présentateur, est Princess Guy, pouliche noire, par Mister Guy et Little Mary. Propriétaire, Miss Elsie Topper, de Coronet, Pennsylvanie. Princess Guy est drivée par Frank Lutz.

Pour remercier la foule de ses applaudissements, le driver placé immédiatement devant Alec (et dont celui-ci remarque les épaules larges, le torse puissant) touche la visière de sa toque.

Alec se fait cette réflexion : « La différence réside aussi dans le fait que plusieurs drivers sont plus âgés que Henry. Cela ne les empêche pas de rester en activité. Toujours jeunes de cœur, ils savent encore utiliser ce qu'ils ont appris dans un passé souvent lointain. Il n'en va pas de même avec nous autres jockeys. Ce sont des hommes comme ceux-là, plus mûrs, qui, ayant abdiqué toute ambition personnelle, procèdent à notre éducation. Nous leur obéissons. Nous essayons de leur donner satisfaction. »

— Le numéro six, poursuit le speaker, est Feu de Joie, poulain bai clair, par Black et Rosie Queen. Propriétaire, M. Jimmy Creech, de Coronet, Pennsylvanie. Il est drivé par Alec Ramsay.

Alec touche la visière de sa toque, sans toutefois détourner son regard de Feu de Joie. Il sait qu'il a trois amis dans les tribunes, pleines à craquer. Peu lui importe d'être un inconnu pour les autres spectateurs. D'ailleurs, cette foule, comme le reste et pour une raison inexplicable, lui paraît ne ressembler en aucune façon à celles qu'il a pu observer auparavant.

Dès qu'il a dépassé la plate-forme sur laquelle se tiennent les commissaires, il oblige Feu de Joie d'un claquement de langue à presser le pas.

— N'empêche, dit-il à ce fils de Black, qu'il me suffit d'être en ta compagnie pour me sentir partout chez moi !

Derrière lui maintenant, le présentateur enchaîne :

— Le numéro sept est Bear Cat, poulain brun, par Phonograph et Meow. Propriétaire, M. Allan Ullman, de Los Angeles, Californie. Il est drivé par Silas Bauder.

L'ovation qui salue cette annonce l'emporte en chaleur sur les précédentes. Elle est si longue que le speaker doit interrompre les présentations pendant une bonne minute. Elle s'adresse sûrement moins au poulain brun, fils de Phonograph, qu'au petit homme desséché – presque un vieillard – qui le drive.

Alec ne se retourne pas. À quoi bon ? Il est certain que Silas Bauder n'a pas bronché.

Les « maîtres des cérémonies » ne rendent la liberté aux concurrents que lorsque ceux-ci ont tous laissé derrière eux les tribunes. À ce moment, le présentateur commente :

— Selon la coutume, les poulains vont d'abord se livrer à quelques canters destinés à les échauffer. Ensuite, ils prendront place derrière l'auto-start, pour la première manche du Hambletonian.

Contrairement aux autres concurrents, Alec ne fait pas demi-tour. Il continue dans la même direction, vers le premier tournant, et s'efforce de maintenir Feu de Joie, malgré l'ardeur qu'il témoigne (il est moite, mais non baigné de sueur), à l'allure décidée par Henry Dailey.

Le jeune garçon sent les rênes vibrer dans ses mains, comme des fils électriques. Quelle délicatesse de touche il lui faut pour rester maître du poulain, sans le brutaliser ! Il lui parle, lui répète :

— Un peu de patience ! Bientôt, tu pourras y aller à fond. Mais, pour commencer, il faut rester au trot ordinaire, pour détendre tes muscles. Certains sont peut-être encore un peu noués. On ne sait jamais.

Ils passent devant l'auto-start aux ailes dépliées. Debout à l'arrière de la voiture, le starter attend la fin des trots d'essai. Il paraît étonné quand il voit surgir Alec et Feu de Joie. Toutefois, il ne dit rien.

Le jeune driver et le poulain bai clair parcourent la première ligne droite, prennent le deuxième tournant, brûlent le poteau des huit cents mètres, puis couvrent la deuxième ligne droite. Avant de s'engager de nouveau dans le premier tournant, Alec peut observer, loin devant lui, les autres poulains qui font demi-tour et reviennent vers les tribunes. Il permet alors à Feu de Joie d'allonger son trot. Il sait que le personnel de l'hippodrome s'apprête déjà à aligner les concurrents.

— Le moment approche ! dit-il à Feu de Joie. Le moment approche !

Il devrait se sentir plus seul que jamais sur cette piste au tracé très particulier, avec ces tribunes, ces concurrents séparés de lui par une assez grande distance. Pourtant, c'est le contraire qui se produit. Par un phénomène singulier, l'atmosphère bizarre de l'hippodrome et les essais préliminaires auxquels il n'est pas accoutumé lui rendent les choses plus faciles et, il en est persuadé, les rendent plus faciles aussi à Feu de Joie. L'un comme l'autre, ils ont perdu leur nervosité. Le poulain, les muscles dénoués, est capable de donner toute sa mesure. Il saura faire usage de son endurance, du début à la fin des différentes phases de cette longue, de cette épuisante épreuve.

En s'engageant dans le tournant, Alec se surprend non à parler au poulain, mais à lui chantonner n'importe quoi. Il en déduit qu'il est aussi prêt que Feu de Joie.

Quand ils apparaissent sur la dernière ligne droite, les concurrents et les employés de l'hippodrome les attendent. Alec se rend compte que les aides-starters sont très mécontents. Pourtant, il ne leur accorde aucune attention. Il s'est contenté de suivre les instructions de son entraîneur, Henry Dailey. Il regarde la corde attachée à son auriculaire droit. « L'œillère ! songe-t-il. Je l'avais presque oubliée. Ce n'est pas le moment ! » Et, en effet, il va en avoir grandement besoin, avec dix-sept rivaux réputés pour leur rapidité !

Hargneux, un aide-starter lui dit :

— Qu'est-ce que vous fabriquez ? Allons, dépêchez-vous !

Alec ne se presse pas. La hâte et la précipitation, il les réserve pour l'instant où les ailes de l'auto-start se replieront. Les employés séparent les poulains en deux groupes : l'un à droite, l'autre à gauche de la piste.

À ce moment, les haut-parleurs crépitent et le présentateur articule :

— Les concurrents sont maintenant sous les ordres du starter.

Avec le premier groupe, Alec se dirige vers la voiture. Il a prévu ce qui se produirait quand Feu de Joie se trouverait enfin dans le bon sens de la piste. Il ne s'est pas trompé. Il a quelques difficultés à maîtriser le poulain. Feu de Joie ne ralentit qu'à proximité des ailes.

Le starter, debout à l'arrière de la voiture, parle dans son micro. Il lance à Alec :

— Ramsay, tenez un peu mieux votre poulain ! Ce n'est pas encore le départ !

Mais déjà la voiture, lentement, s'ébranle. Malgré les efforts d'Alec, Feu de Joie continue d'approcher des ailes dépliées sa tête à œillère rouge. À leur droite et à leur gauche sont répartis les autres poulains du premier rang, tandis que ceux du second collent à deux ou trois mètres.

La voiture accélère. Le starter multiplie les ordres et les conseils. Ce n'est pas une mince affaire que d'en imposer à dix-huit concurrents !

— Attention ! Je ne veux pas de fautes dans une course comme celle-ci. N'oubliez pas qu'il s'agit du Hambletonian ! J'exige un départ sans bavures !

Alec voit, sur sa droite, Bear Cat qui se rapproche et qui, lui aussi, tend de plus en plus sa tête vers les bras métalliques de l'auto-start. « Je n'ai pas le choix », pense-t-il. Et il ferme l'œillère. Puis, machinalement, il compte les secondes. Il sait qu'après dix ou douze secondes au maximum il devra la rouvrir. Pourvu qu'à ce moment-là le départ soit donné !

Devant les tribunes, la voiture accélère. Pourtant, Alec estime qu'elle ne va pas assez vite. Il compte avec nervosité :

— Trois… quatre…

Tous les spectateurs des tribunes se sont levés. Les dix-huit poulains trottent d'un cœur égal. Le bruit sourd de leurs sabots couvre le ronflement de la voiture et les appels du starter pour garder jusqu'au bout les concurrents bien groupés.

L'émotion du départ, Alec la connaît pour l'avoir éprouvée à maintes reprises au cours de sa carrière. Mais, aujourd'hui, cette émotion n'est plus tout à fait la même. Le départ est dirigé par une sorte de chef d'orchestre, le starter, et il y a ces ailes métalliques qui tempèrent la fougue des concurrents.

— Fred Ringo ! crie soudain le starter. Tenez un peu mieux votre poulain. Vous êtes presque sur Ramsay !

Alec sait que Fred Ringo le talonne. Il sent sur sa nuque l'haleine de Vif-Argent. Les hasards du tirage au sort ont attribué au poulain rouan le numéro seize. Mauvais numéro pour ce favori dans le Hambletonian et pour son driver qui, l'un comme l'autre, aspirent à s'échapper le plus tôt possible. Et situation peu confortable pour Alec, car celui-ci, avec Vif-Argent immédiatement derrière lui, ne peut pas libérer Feu de Joie de la menace représentée par Bear Cat, ni ouvrir trop tôt l'œillère.

Comment ne serait-il pas inquiet ? Huit secondes se sont écoulées ! Il n'ose pas tirer sur la corde de l'œillère. Quand il prononce, dans son for intérieur, le chiffre neuf, les ailes de la porte de départ se replient, la voiture oblique vers l'extérieur de la piste et la foule pousse un rugissement si retentissant que personne n'entend le starter ordonner :

— Allez-y !

Le Hambletonian commence !

N'étant plus ralenti par l'auto-start, Feu de Joie s'élance généreusement.

Alec demande à son poulain de presser l'allure. Il veut se débarrasser de Bear Cat toujours sur sa droite et s'éloigner suffisamment pour ouvrir l'œillère en toute sécurité. Il continue à compter. Dix secondes déjà ! Or, l'œillère n'a jamais été fermée plus de douze secondes…

Feu de Joie lui obéit avec allégresse. Alec voit, sur sa gauche, Princess Guy s'effacer. Mais elle ne lui laisse pas encore assez de place pour se rapprocher de la corde et être délivré de Bear Cat. Le poulain brun s'accroche. Il possède bien ce démarrage très rapide dont Henry Dailey a parlé. Alec entend Silas Bauder le stimuler par des cris aigus. Il sait que le vieux jockey fera tout pour que son poulain reste en tête du peloton.

Il sent que Feu de Joie est de plus en plus gêné par l'œillère, et que sa propre tension monte, tandis que les battements de son cœur se précipitent à une cadence plus rapide que celle de tous ces sabots qui martèlent le sol au voisinage du premier tournant. Il tire un peu sur les rênes dans l'espoir que Feu de Joie ralentira pour se laisser doubler par Bear Cat. Après quoi, il ouvrira enfin l'œillère ! S'obstiner à attendre ? Impossible. Dans une seconde sans doute… À ce moment, il découvre à droite, presque contre lui, les naseaux de Vif-Argent. Fred Ringo pousse son poulain afin de l'amener à la hauteur de Feu de Joie !

Alec, le visage luisant de sueur, manque de céder au découragement. Il est piégé ! D'une part, avec Vif-Argent si près de lui, il ne peut continuer de ralentir Feu de Joie. De l'autre, il lui est impossible d'essayer une nouvelle fois de lâcher Bear Cat. D'ailleurs, Feu de Joie donne des signes inquiétants de colère. Il se secoue, essaie de faire comprendre qu'il en a assez de cette œillère fermée. Encore quelques mètres, et il risque de faire un bond, de se jeter de côté…

Par miracle, Silas Bauder a deviné ce qui risquait de se passer. Il oblique brusquement à droite, entraînant trois concurrents dans son sillage, tandis que Feu de Joie s'élance vers la gauche. Bauder et les trois concurrents reviennent vers le milieu de la piste et essaient de regagner le terrain qu'ils viennent de perdre. Quant à Fred Ringo, il a su tirer avantage de ce qui a bien failli être un terrible accident. Il a foncé dans l'espace laissé libre par Feu de Joie. Maintenant, il peut se réjouir : il a réussi à placer Vif-Argent à la tête de tous ses rivaux !

Même quand il a ouvert l'œillère, Alec ne parvient à maîtriser Feu de Joie que lorsque celui-ci s'est arrêté en catastrophe contre la lice. Le poulain est si furieux qu'il ne sera sans doute pas calmé avant plusieurs secondes. Mais Alec est engagé dans cette course. Il ne peut donc attendre le moindre délai. Tant bien que mal, il ramène Feu de Joie au centre de la piste et détend les guides, lui demandant ainsi de foncer. Pourtant, il sait que le poulain, quoi qu'il fasse, ne pourra rejoindre les autres…

Après le tournant, Feu de Joie, apercevant au loin, presque à l'extérieur de la deuxième ligne droite, le groupe des concurrents, démarre comme une flèche. Alec en a les larmes aux yeux. Car, enfin, même en allant jusqu'au bout de ses forces, le poulain n'a pas une chance de recoller au peloton.

Il essaie de lui faire comprendre qu'il vaut mieux, provisoirement, se résigner, qu'il y aura une deuxième manche et que tout, par conséquent, peut être sauvé. Mais lui-même n'ose pas tirer sur les guides. Il sait que les juges le surveillent. Il n'a pas le droit de se désintéresser de la course. Comme tous les autres concurrents, Feu de Joie doit couvrir mille six cents mètres aussi vite que possible. Les drivers ont l'obligation de ne pas épargner leurs poulains, de ne pas les réserver pour la manche suivante. Telle est la règle. Sans ralentir visiblement son cheval, il se contente de répéter à mi-voix :

— Doucement… plus doucement…

Feu de Joie ne comprend pas. Il tend sa tête en avant pour demander que les guides soient moins tendues. Par foulées longues, rapides, il parvient à se rapprocher des traînards. Pourtant, ceux-ci ont déjà rejoint la première ligne droite quand le poulain, après le deuxième tournant, dépasse le poteau des huit cents mètres. Il n'en continue pas moins à accélérer, dans un effort dramatique, pour réduire l'écart qui le sépare des derniers.

Alec étreint les guides, lutte de son mieux contre Feu de Joie, tente de le calmer. Mais le poulain a attendu trop longtemps d'être autorisé à fouler la piste dans le bon sens. Plus rien ne peut l'arrêter ! Néanmoins, Alec ne renonce pas un instant à cette lutte singulière, même quand il découvre que le dernier des derniers se trouve encore à plusieurs longueurs devant eux.

Ce dernier des derniers, Feu de Joie passe une seconde avant lui sous le fil d'arrivée. Et c'est là sa seule victoire !

Les haut-parleurs diffusent la voix du présentateur :

— Voici les résultats, non encore confirmés officiellement, de cette première manche du Hambletonian. Gagnant, Vif-Argent. Deuxième, Princess Guy. Troisième, Silver Knight. Quatrième, Mismatch. Cinquième, Roi Midas. Sixième, Cricket. Septième, Bear Cat. Huitième, High Noon. Neuvième, Tanger. Dixième, Star Queen. Onzième, Fibber. Douzième, Lord Bobbie. Treizième, Ghost Raider. Quatorzième, Victory Boy. Quinzième, Chief Express. Seizième, Big Venture. Dix-septième, Feu de Joie. Dix-huitième, Le Saint.

Alec n'arrête Feu de Joie qu'au premier tournant, avec les autres concurrents. Là, il fait demi-tour et commence de remonter la piste au moment où le speaker reprend la parole :

— Mesdames et messieurs, les résultats que je vous ai donnés sont maintenant officiels. Monsieur Ringo, veuillez amener votre poulain devant le stand des juges.

Tandis qu'Alec conduit Feu de Joie vers la sortie, le présentateur termine en ces termes :

— Mesdames et messieurs, la première manche du Hambletonian a bien été remportée par Vif-Argent… et par son driver Fred Ringo.

Il y a plusieurs salves d'applaudissements. Mais Alec les entend à peine. Il a surtout hâte de retrouver Henry Dailey à la porte de la piste.

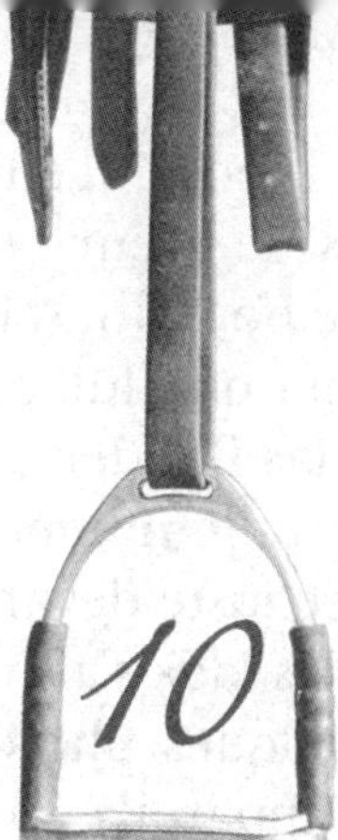

10 Est pris qui croyait prendre

Henry Dailey ramène Feu de Joie au paddock. Il y a peu de monde sur leur passage. La grande majorité des spectateurs sont restés à contempler Vif-Argent et Fred Ringo.

Le vieil entraîneur ne fait que ce bref commentaire :

— Tu n'as pas eu une course facile, Alec !

Après avoir débarrassé le poulain de l'œillère, de la bride et du harnais, il le lave, nettoie ses naseaux dilatés, afin de lui permettre de respirer plus à l'aise. Puis, quand il a frictionné doucement les jambes avec un onguent, il lui place une couverture sur le dos.

Assis sur une chaise, Alec se repose. Il suit du regard les moindres gestes de Henry et souffle presque aussi fort que le poulain. À la fin, il se tourne vers Silas Bauder qui, lui, est assis devant la stalle voisine. Silas Bauder est pâle. Ses yeux sont fixés sur la stalle numéro seize, celle de Vif-Argent, placée juste devant la sienne. À l'extérieur, plusieurs lads s'affairent autour du vainqueur. Quelques photographes le mitraillent de leurs appareils. Des journalistes jettent des notes sur leurs carnets.

Comme Alec se retourne vers son ami, celui-ci lui dit :

— Je regrette que tu n'aies pas laissé l'œillère ouverte en permanence. Je n'ai pas changé d'avis. J'estime qu'il n'a plus besoin de ça.

Alec garde le silence.

Henry ajoute, en remontant la couverture sur l'encolure de Feu de Joie :

— Si tu avais suivi mon conseil, tu ne te serais peut-être pas trouvé dans une situation aussi grave.

Alec ne répond qu'après quelques secondes :

— Elle aurait pu être beaucoup plus grave.

Henry Dailey prend le poulain par la bride et annonce :

— Je vais le promener un peu.

Le vieil entraîneur conduit Feu de Joie à travers la foule qui encombre le paddock. Alec l'entend qui dit de temps à autre :

— Place ! Place ! Laissez-nous passer, que diable !

La plupart des concurrents, munis de leurs couvertures, sont maintenant dans leurs stalles. Alec voit un surveillant qui arrête Henry, et il lui semble que la conversation entre les deux hommes est plutôt animée. Puis Henry reprend sa promenade.

Lorsqu'il revient, il explique à Alec :

— Cet imbécile a essayé de m'empêcher de promener Feu de Joie. J'ai répliqué que, sans cela, on renoncerait à la course. Je crois qu'il ne nous embêtera plus. Sais-tu ce qu'il m'a dit ? « Bon, ça va pour une fois, et parce que c'est le Hambletonian ! » Parfaitement, ce sont ses propres termes !

Quand Henry Dailey et Feu de Joie sont repartis, Alec pense à Jimmy Creech, à Tom et à George. Craignant que Tom ne soit bousculé, ont-ils décidé de ne pas venir au paddock entre les courses ? « Ce qui est plus probable, songe Alec, c'est qu'ils ne tiennent pas à se trouver devant moi, ni devant Henry. Jimmy surtout. Sa place est normalement ici. Mais il y a aussi sa déception. Comme elle doit être profonde ! » Alec se mord la lèvre. Osera-t-il jamais regarder de nouveau Jimmy Creech dans les yeux ?

Bientôt, Henry reparaît. Cette fois, il est interpellé près de la stalle voisine par Silas Bauder :

— Ma parole, monsieur Dailey, vous êtes un maniaque de la promenade !

Henry grimace un sourire.

— C'est meilleur que de rester assis à attendre. Meilleur également pour le poulain.

— Imaginez qu'on en fasse tous autant. Quelle cohue !

— Vous avez raison, répond Henry en regardant autour de lui. Les paddocks devraient être construits pour les chevaux, non pour les hommes.

— Vous avez des idées bizarres, monsieur Dailey.

— Tout comme vous, monsieur Bauder, réplique Henry.

Et montrant Bear Cat :

— Votre poulain souffle comme un phoque. Il manque d'air. Pourtant, vous l'enfermez dans cette stalle, sous un toit trop bas !

Il s'éloigne de quelques pas, puis se retourne.

— Dites-moi, monsieur Bauder. Pourquoi, la course terminée, promenez-vous votre poulain, alors que vous vous dépêchez de l'enfermer entre deux manches ?

— Question intéressante, dit Silas Bauder. J'y réfléchirai.

Henry Dailey continue de promener Feu de Joie. Les minutes s'écoulent. De la piste parviennent les hurlements de la foule quand une autre course commence.

Pendant la demi-heure suivante, Henry repasse à dix reprises devant Silas Bauder, mais n'échange plus un seul mot avec lui. Alec se lève et marche près du vieil entraîneur et du poulain. Sa nervosité augmente à mesure que se rapproche le moment de la seconde manche.

— À mon tour de le promener, dit-il.

— Je préfère que tu te reposes. Tu as suffisamment à faire comme cela.

— J'ai l'impression que Jimmy ne viendra pas au paddock.

— Moi aussi.

— Henry…

— Oui ?

— À la seconde manche, nous serons mal placés.

— Pas tellement, dit Henry en prenant un ton rassurant. Tu aurais pu finir dix-huitième… bon dernier.

Alec sourit.

— Je ne me suis pas bien débrouillé. J'aurais dû profiter de la situation pour aller à l'extérieur.

— Pour la seconde manche, tu peux encore le faire. Il y a une solution. Tu te laisses dépasser. Tu te mets à la corde. Puis, à la première occasion, dès que tu aperçois un espace libre, tu traverses le peloton. À ce moment ton cheval aura encore des réserves…

Henry Dailey ne croit pas nécessaire d'ajouter que c'est risqué et dangereux. Il sait qu'Alec a compris.

Ils marchent ensuite cinq minutes en silence. Puis Henry glisse sa main sous la couverture et dit en la retirant :

— Maintenant, nous pouvons le remettre dans sa stalle.

Plus tard, tandis qu'ils préparent Feu de Joie, Henry Dailey fixe deux ou trois secondes son regard sur l'œillère rouge accrochée à une paroi. Quelle que soit la tactique qu'Alec adoptera dans la prochaine manche, il faut l'empêcher d'utiliser cet accessoire… Henry ne se cache pas le risque qu'il prend en dénouant la corde du ressort. Mais il n'a plus le choix. Cela fait déjà longtemps qu'il croit, tant pour Feu de Joie que pour Alec, à l'inutilité de l'œillère. Et, puisqu'il est décidé à agir, c'est maintenant ou jamais. Car, si Vif-Argent remporte une deuxième victoire, il n'y aura pas de troisième manche…

— Cette fois, dit Alec, je ne pense pas que Vif-Argent tienne jusqu'au bout. Fred Ringo foncera comme à la première manche. Son poulain faiblira bien avant l'arrivée.

— Possible, fait Henry. Mais n'oublie pas qu'au départ Ringo sera mieux placé qu'à la première manche !

— Donc, tu penses qu'il gagnera ?

Henry hausse les épaules.

— Je l'ignore. Parmi les concurrents, il n'y a pas de tocards. Les positions de départ sont à mon avis ce qu'il y a de plus important. Ensuite, comment prévoir ce qui se passera ?

Il ajoute, en relevant la mèche qui pend sur le front de Feu de Joie :

— Il n'y a pas que Fred Ringo et Vif-Argent qui me préoccupent.

— Mais, si Fred Ringo gagne, c'en est fini pour moi !

— Je sais. Par contre, si tu gagnes, tu participeras à la troisième manche.

Alec caresse les naseaux du poulain.

— Selon toi, Feu de Joie serait capable de remporter cette troisième manche ?

Henry ne sourit pas ; il grimace :

— Gagne d'abord la seconde. Après, on s'occupera de la troisième.

Ils ne parlent plus jusqu'au moment où ils sont priés de se préparer pour la seconde manche. En aidant Alec à harnacher, Henry lui dit :

— Voilà mon conseil. Suis Bear Cat. Il démarrera juste devant toi, puisqu'il a le numéro sept. J'ai l'impression que Silas Bauder saura trouver des ouvertures. Tu en profiteras. Bauder est sûrement jaloux du succès de Fred Ringo. Il va tout faire pour le battre. Donc, reste dans son sillage. Puis, dans la dernière ligne droite, laisse Feu de Joie donner tout ce qu'il a dans le ventre.

— Entendu, Henry, dit Alec.

Henry Dailey s'approche de l'endroit où est accrochée l'œillère. Par-dessus la paroi, il voit Silas Bauder qui, apparemment très nerveux, cingle avec sa cravache le gravier couvrant le sol, tandis que derrière lui un lad harnache Bear Cat. Henry pousse un soupir de soulagement à l'idée que son rôle se limite à donner des conseils alors que tant d'autres hommes – presque des vieillards pourtant ! (Silas Bauder, par exemple) – se croient encore assez jeunes pour grimper sur un sulky !

Il décroche l'œillère, la garde un moment dans sa main, touche le cuir rouge, prend le ressort auquel la corde est attachée…

— Qu'est-ce que tu attends, Henry ? demande Alec du fond de la stalle. On va être en retard !

— Voilà, dit Henry.

Il fixe l'œillère sur le chanfrein de Feu de Joie. Puis, après avoir passé la bride par-dessus les oreilles du poulain et poussé le mors entre ses mâchoires, il détache la corde du ressort de l'œillère… et l'attache au montant de la bride, de sorte qu'elle ne peut plus être d'aucune utilité. Enfin, il rassemble guides et corde, et les tend à Alec.

À l'instant où Feu de Joie quitte sa stalle, Jimmy Creech arrive au pas de course.

— Je n'ai pas pu me libérer plus tôt, explique-t-il d'un air gêné. J'ai jugé que ce serait mieux si je restais avec Tom.

— C'est ce que nous avons pensé, dit Henry.

La file indienne des concurrents s'ébranle. Feu de Joie, numéro six, suit Princess Guy. Derrière lui vient Bear Cat. Silas Bauder marche près de lui.

Jimmy Creech attend Alec au passage et lui emboîte le pas.

— Tout à l'heure, ça n'a pas été brillant. Mais cette fois, ça va changer. Vous verrez !

Il parle sans regarder Alec. Mais, dans sa voix – malgré ses efforts pour cacher ses sentiments –, quel accent déçu ! Jimmy Creech parle ainsi tout au long de l'allée conduisant à l'entrée de la piste. Alec l'écoute en silence. Pour lui, désormais, rien d'autre ne compte que ce qui se produira bientôt.

Les poulains s'arrêtent près de l'entrée. Là, ils attendent l'habituel coup de clairon. Jimmy Creech laisse Alec pour rejoindre Henry Dailey qui tient Feu de Joie par la bride. Et il lui parle, en le dévisageant, en cherchant dans son expression un signe d'encouragement.

Comment Henry l'aurait-il rassuré, alors que lui-même n'est sûr de rien ? À la fin, comprenant ce que Creech espère de sa part, il lui dit :

— Feu de Joie est un excellent poulain, aussi rapide, sinon plus que bien d'autres… malgré ça, on ne sait jamais. Tout va dépendre du déroulement de la course.

— Tu as raison, Henry, répond Creech. Je sais que Feu de Joie a suffisamment de classe pour gagner le Hambletonian. Toutefois, je suis d'accord avec toi. Il faut compter avec les occasions, les circonstances. C'est comme ça que je vois le problème.

Et il se plonge dans la contemplation du poulain, jusqu'au moment où les haut-parleurs diffusent la sonnerie du clairon. La porte de la piste s'ouvre et les « maîtres des cérémonies » à tuniques rouges prennent en charge les concurrents.

Jimmy Creech se met à caresser Feu de Joie. Soudain, il s'interrompt.

— Henry ! Henry ! crie-t-il. La corde n'est pas attachée au ressort de l'œillère !

Et, tandis que les cinq premiers poulains franchissent le seuil de la porte, il stoppe Feu de Joie. Tout de suite, les deux « maîtres des cérémonies » donnent des signes d'impatience.

Alec, qui a pris place sur le siège du sulky, regarde Jimmy Creech détacher la corde du montant de la bride et l'attacher au ressort de l'œillère. Henry, après avoir assisté les bras ballants à l'opération, se tourne vers le jeune garçon. Chacun d'eux sait qu'il ne s'agit ni d'une maladresse ni d'une erreur, mais d'un geste accompli dans une intention bien précise. Les prunelles d'Alec étincellent de colère. Henry a l'air d'un voleur pris la main dans le sac.

— Mesdames et messieurs, annonce le présentateur, voici les concurrents de la deuxième manche du Hambletonian.

Sans un seul mot à Henry, Alec agite ses rênes et pénètre à son tour sur la piste.

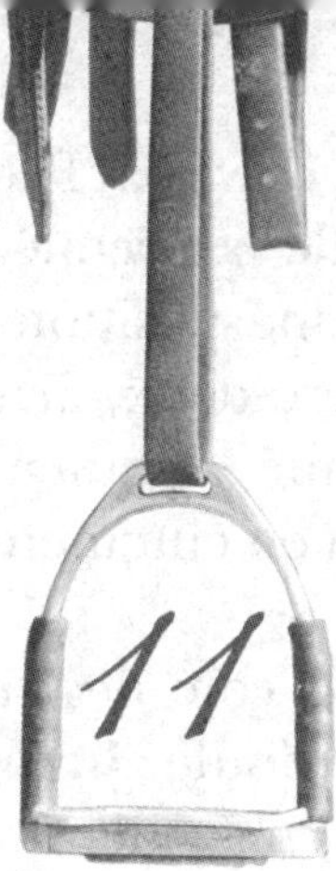

11 Dans la fournaise !

Pendant la parade, Alec s'aperçoit que son irritation se communique à Feu de Joie. Il essaie donc d'oublier Henry et la témérité de son geste à un moment aussi critique. Il ferme nerveusement ses doigts sur les guides et décide de ne plus penser qu'à la course : « Il faut gagner. C'est notre dernière chance ! »

— Mesdames et messieurs, reprend le speaker tandis que les poulains défilent devant les tribunes, les positions seront celles que les concurrents avaient à la fin de la première manche. »

Il s'arrête, attend que les « maîtres des cérémonies » aient dépassé la plate-forme des juges, puis continue :

— Silver Knight, numéro un, drivé par Paco Deblois, qui a fini troisième de la première manche, sera donc en troisième position à la seconde… Roi Midas, numéro deux, drivé par John Neville, qui a terminé cinquième dans la première manche, sera en cinquième position à la seconde…

Alec jette un coup d'œil du côté des tribunes. Il sait que, mêlés à la foule, Jimmy Creech, Tom et George le regardent et se demandent, comme lui-même, s'il parviendra, dans une position aussi mauvaise – la dix-septième ! –, à détacher Feu de Joie de la masse des concurrents.

— Princess Guy, numéro cinq, drivée par Frank Lutz, poursuit le présentateur, a terminé deuxième dans la première manche. Elle sera en deuxième position à la seconde… Feu de Joie, numéro six, drivé par Alec Ramsay, qui a terminé dix-septième dans la première manche, sera en dix-septième position à la seconde…

Alec murmure : « Quelle dégringolade ! Aurons-nous même la possibilité de courir ? » Henry Dailey a dit : « Suis Bear Cat. J'ai l'impression que Silas Bauder saura trouver des ouvertures. Tu en profiteras. » Excellent conseil. Mais est-il applicable ? Toute la question est là…

— Bear Cat, numéro sept, drivé par Silas Bauder, qui a terminé septième dans la première manche, sera en septième position à la seconde…

Le speaker, laissant à peine à la foule le temps d'applaudir Silas Bauder, enchaîne tout de suite. Mais, au seizième concurrent, sa voix est couverte par des acclamations si violentes qu'il ne peut prononcer que quelques mots :

— … Vif-Argent… drivé par Fred Ringo, gagnant de la première manche… sera…

Pour remercier les spectateurs, Fred Ringo, souriant, touche la visière de sa toque. Mais il n'a plus l'air aussi confiant qu'au paddock. Il sait qu'il lui faut, pour triompher dans le Hambletonian, gagner cette manche comme la première.

Les hommes aux tuniques rouges ne libèrent les concurrents qu'à l'extrémité de ta piste. Alec continue droit devant lui, prend le premier tournant et fait trotter Feu de Joie sur quatre cents mètres, selon les instructions de Henry Dailey. Puis il attend et, quand les autres ont terminé leur entraînement préparatoire, il fait faire demi-tour à son poulain. Celui-ci, dès qu'il se voit dans le sens normal, pointe les oreilles et presse l'allure. Néanmoins, il ne fait aucune difficulté pour ralentir. Il connaît le cérémonial. Il sait que, bientôt, on le placera de nouveau derrière l'auto-start et que tout, alors, recommencera.

Exactement comme pour la première manche, les concurrents remontent la piste en deux groupes formés en files indiennes largement séparées.

Chaque groupe contourne l'auto-start, puis s'aligne derrière. Presque tout de suite, la voiture s'ébranle. Les concurrents du premier groupe la serrent de près. Alec démarre lentement. Ne voulant pas se rapprocher trop vite de Bear Cat, il se laisse dépasser par les concurrents de son groupe, le deuxième.

— Ramsay, lui dit le starter, qu'attendez-vous ?

Alec accélère un peu. Feu de Joie tire sur les guides avec insistance. Il veut foncer. Mais Alec refuse de lui céder. Il ne veut pas être forcé de fermer trop tôt l'œillère. Il se contente donc de maintenir le poulain en retrait du deuxième groupe, dans l'axe d'une brèche qui se dessine entre Big Venture et Le Saint.

Le starter ne lui fait pas d'autres observations. Il est trop occupé avec le premier groupe.

— Ringo, vous allez défoncer cette aile ! Faites reculer votre poulain. Sinon, je vous inflige une amende !

En effet, comme Alec peut le constater, les naseaux de Vif-Argent touchent presque l'aile métallique de l'auto-start. Mais Fred Ringo ne paraît pas avoir entendu le starter. Il n'a aucune intention de perdre une place qui doit lui permettre d'atteindre facilement la corde. Penché en avant, les mâchoires contractées, il est l'image de la volonté inflexible et de la jeunesse ambitieuse. Il se moque bien des rappels à l'ordre !

La voiture roule plus vite. La cadence des sabots sur le sol se précipite. Du coin de l'œil, Alec voit Le Saint décrocher, sans doute parce que son driver a des difficultés avec lui. Il dispose donc maintenant sur sa droite d'un espace libre et n'est plus obligé de fermer l'œillère d'un instant à l'autre. Pour profiter de l'aubaine, il détend ses guides – ce qui a pour effet que Feu de Joie, tout de suite, allonge ses foulées et que sa tête se trouve presque contre le dos de Silas Bauder.

« Première bonne occasion ! pense Alec. Je la dois à ce décrochage imprévu. »

Quand les concurrents passent devant les tribunes, l'auto-start roule toujours devant eux. Le conducteur de la voiture appuie sur l'accélérateur. Les concurrents suivent. Alec garde les yeux fixés sur la casaque vert et jaune de Silas Bauder. Le vieux driver a une attitude très décontractée. Alec aurait bien voulu partager son sang-froid. Silas Bauder, contrairement aux affirmations de Henry Dailey, ne semble pas avoir envie de prendre la tête. Il se contente de maintenir Bear Cat immédiatement derrière les poulains du premier groupe. Alec regarde High Noon, Star Queen et Tanger, tous les trois sur la droite de Bear Cat. Il souhaite que l'un d'eux, imitant Le Saint, ralentisse un peu. Ainsi, il pourrait amener Feu de Joie à la hauteur de Bear Cat, puis – peut-être – contourner les autres concurrents…

Mais n'est-ce pas là un simple rêve ? Henry Dailey a dit : « Tu suivras Bear Cat. » Alec entend encore ce conseil tinter dans ses oreilles. Il n'a donc rien d'autre à faire que de s'y conformer. Henry Dailey n'a-t-il pas toujours raison ?

Bear Cat continue à une allure régulière et reste à la même place. Quelques secondes avant le départ, Silas Bauder se penche en avant et élève les mains. Bear Cat allonge ses foulées. Cependant, il demeure à la suite des concurrents du premier groupe, lesquels donnent tous l'impression d'être aspirés par les ailes de la voiture. Soudain, le poulain brun allonge encore ses foulées…

La tactique de Silas Bauder est vraiment parfaite ! Quand les ailes de l'auto-start se replient, Bear Cat est déjà lancé. Il traverse comme un obus le premier groupe… entraînant un Feu de Joie dont la tête frôle la casaque de Silas Bauder.

Ainsi débute la seconde manche – et pourquoi pas la dernière ? – du Hambletonian.

Les cris des drivers dominent le fracas des sabots. Seul Alec demeure silencieux. Et il n'a d'yeux que pour Feu de Joie et pour la casaque de Silas Bauder. Il sait que Bear Cat a bel et bien pris la tête. Au reste, comment en aurait-il douté ? Lui-même, en effet, se voit maintenant encadré par les poulains du premier groupe. Par exemple, sur sa droite, il est si étroitement pressé par High Noon qu'il se hâte de fermer l'œillère.

Silas Bauder donne sans répit de la voix. Henry Dailey ne s'est pas trompé. Le vieux driver fait déjà le nécessaire pour remettre Fred Ringo à sa place ! Il doit même croire, pendant une dizaine de secondes, qu'il le battra à son propre jeu. Quoi qu'il en soit, son démarrage foudroyant l'a porté en avant de l'ensemble des concurrents.

Alec chausse à fond les étriers de fer fixés au sulky. Il détend les guides, afin de calquer sa vitesse sur celle de Silas Bauder. Que le vieux driver continue de cette façon, et tout ira bien ! Feu de Joie sera arraché à la masse et pourra donner sa mesure. Alec ne demande pas autre chose.

Fred Ringo ne ménage pas Vif-Argent. Le poulain rouan s'est extrait lui aussi du peloton mais il reste à une demi-longueur de Bear Cat. Fred Ringo fait fréquemment usage de sa cravache. Il veut – et cela saute aux yeux – empêcher le vieux driver de le précéder à la corde. En somme, il s'agit d'un duel entre Silas Bauder et Fred Ringo ! La foule a dû s'en apercevoir, car elle hurle presque sans discontinuer.

Jusqu'au premier tournant, Bear Cat continue de presser l'allure. Alec maintient Feu de Joie derrière lui. Il rouvre l'œillère dès que High Noon a lâché pied. Feu de Joie est le seul poulain du second groupe à précéder tous ceux du premier – sauf Vif-Argent. À l'entrée du premier tournant, Silas Bauder juge qu'il a pris assez d'avance et se rabat à la corde. Alec se garde bien de le lâcher !

L'un suivant l'autre, ils passent devant Fred Ringo. Ce dernier, pour effrayer Bear Cat, lève sa cravache. Mais Silas Bauder n'est pas de ceux qui cèdent à une menace. Il demande à son poulain d'accélérer encore. Alec fait de même.

Le vieux driver n'a jamais brillé par la patience. Il sait pourtant calculer, guetter ou susciter les occasions favorables. Il est en somme aussi ambitieux et résolu que Fred Ringo.

Alec, lui, ne veut pas de duel avec le driver de Vif-Argent. Cela viendra plus tard, s'il le faut. À ce moment, il est sur le point d'obtenir ce qu'il souhaite : Feu de Joie a semé la plupart de ses rivaux et la piste déserte va bientôt se déployer devant lui.

Dans le tournant, Bear Cat prend, à la corde, la place convoitée par Vif-Argent. Alec, de son côté, ne tente rien pour doubler Bear Cat. Au contraire, il se contente de rester à quatre mètres de la corde, ménageant ainsi, sur sa gauche, un espace où Vif-Argent, follement, s'empresse de pénétrer…

Alec n'a pas besoin de regarder Fred Ringo pour deviner sa colère. Car que peut-il entreprendre maintenant avec Bear Cat qui lui barre le passage et Feu de Joie à sa droite ?

Les roues des sulkies, dans le tournant, grincent. Alec entend dans son dos les battues acharnées des autres concurrents et la rumeur de la foule. Mais il n'est vraiment sensible qu'aux foulées de son poulain. Et, devant eux… le champ libre ! Que pourrait-il demander de plus ? Feu de Joie lui-même montre par toute son attitude – ses oreilles pointées, son entrain – qu'il a compris.

Silas Bauder, considérant que le sprint initial est terminé et pleinement satisfait de tenir la corde, reprend un peu Bear Cat. Il jette un regard en arrière pour voir qui est sur sa droite. Quand il voit, près de lui, la tête de Feu de Joie, il se détourne.

Alec, lui aussi, ralentit Feu de Joie. Il juge excellent ce jeu dans lequel Silas Bauder est passé maître et qui consiste à user, mais à ne jamais abuser des forces d'un poulain. Du coin de l'œil, il scrute Fred Ringo. Celui-ci est pourpre de rage, car, pour calquer sa vitesse sur celle de Silas Bauder et d'Alec, il est contraint de rester bloqué dans le piège où il a commis la folie d'entrer. Bien sûr, il pourrait ralentir, puis déboîter et essayer de contourner Feu de Joie. Mais il sent que le gros des concurrents se rapproche de seconde en seconde. Il a peur d'être bousculé, renversé. Bref, il a perdu sa chance !

Malgré la distance, Alec entend le présentateur annoncer :

— Aux quatre cents mètres, c'est Bear Cat qui mène, devant Vif-Argent et Feu de Joie qui vont tête contre tête. Ensuite, dans l'ordre, Silver Knight, Princess Guy, Tanger, Cricket, Mismatch, Roi Midas, Fibber…

Alec tend l'oreille : les concurrents que le speaker vient de nommer continuent à se rapprocher. Il maintient cependant Feu de Joie à la même allure. Il est content de la place qu'il occupe, du moins pour l'instant, et persuadé que l'homme à battre est Silas Bauder. Quel renard, ce vieux driver ! Il règle la cadence selon les moyens de son poulain. Et, avec une lucidité parfaite, il nuit à Fred Ringo !

Soudain Alec capte, sur sa droite, un bruit nouveau. Et que découvre-t-il ? La silhouette noire de Princess Guy ! Naturellement, Feu de Joie a entendu la pouliche. Il essaie d'accélérer. Alec ne lui cède pas. Il fait comprendre au poulain que le moment n'est pas venu, qu'il faut patienter. Quand la pouliche le dépasse, il ferme l'œillère et regarde le volumineux Frank Lutz tenter de prendre le commandement de la course. Dès qu'il a rouvert l'œillère et détendu un peu les rênes, Feu de Joie se rapproche de Princess Guy, mais sans la dépasser et en l'empêchant de se rabattre vers la corde.

Silas Bauder, lui aussi, surveille la pouliche. Comme Alec, il veut la maintenir à l'extérieur. Après le tournant, dans la ligne droite, il presse Bear Cat, de façon à rester en tête.

Alec est satisfait. Il a toujours le passage pour se glisser, s'il le désire, entre Bear Cat et Princess Guy. Cependant, il retient Feu de Joie, afin de le faire trotter à la vitesse de Bear Cat – qui semble lui convenir.

Brusquement, vers le milieu de la ligne droite, Fred Ringo lance un regard par-dessus son épaule, ralentit son poulain et... disparaît. Mais Alec a compris. Fred Ringo tire Vif-Argent du piège et, après un crochet, va reparaître à l'extérieur. C'est ce qu'Alec a prévu. Néanmoins, cette manœuvre, en ce qu'elle exige du poulain rouan un effort supplémentaire, risque de lui coûter cher.

C'est à ce moment que Silver Knight surgit à l'extérieur et place une belle pointe de vitesse qui lui permet de dépasser Princess Guy et Feu de Joie. Alec fronce les sourcils. Silver Knight prend la tête ! Silas Bauder va-t-il lui permettre de prendre également la place que Bear Cat occupe à la corde ?

Sur une piste, toute tactique exige de promptes décisions. Silas Bauder éloigne Bear Cat de la corde et le pousse devant Feu de Joie. De nouveau, Alec se trouve derrière la casaque vert et jaune du vieux driver ! Et il ne dispose plus de la moindre ouverture. Feu de Joie recommence à tirer très fort. Il veut accélérer. Alec doit lui parler de nouveau, lui demander d'être patient. Mais lui-même a de plus en plus de mal à se contenter de suivre.

L'allure, maintenant, est réglée par Silver Knight. À sa droite, il y a Bear Cat, qui, rejoint par Princess Guy, est sur la même ligne que la pouliche. Feu de Joie talonne Bear Cat. Directement après Silver Knight, la place à la corde est disponible. Alec, qui pourrait la prendre, n'en veut pas. Il préfère soit s'accrocher à Bear Cat, soit, en cas de nécessité, contourner Princess Guy. Toutes les dix secondes environ, il surveille ses arrières, particulièrement du côté droit. Il ne tient pas à être bloqué entre les concurrents qui le précèdent et un autre surgissant à l'improviste.

Ce n'est pas de la droite que vient le danger. C'est de la gauche. Longeant la corde, Mismatch apparaît, double Feu de Joie en trombe et se place en retrait de Silver Knight, sur la même ligne que Bear Cat et Princess Guy.

Plus inquiet qu'il ne l'a été jusque-là, Alec se prend à murmurer :

— À vous, Bauder ! À vous !

Si Bear Cat passe entre les mailles du filet, Feu de Joie l'accompagnera et lâchera les autres. Malheureusement, Silas Bauder ne semble pas prêt à démarrer. Il donne l'impression d'être très content de sa position.

Dans le deuxième tournant, Alec comprend qu'il ne peut pas s'éterniser dans le sillage du vieux driver. Fred Ringo et Vif-Argent viennent d'apparaître à l'extérieur et il ne leur faut que très peu de temps pour enlever la vedette à Silver Knight !

La voix lointaine du présentateur parvient, un peu affaiblie :

— Aux huit cents mètres. Vif-Argent est en tête. Silver Knight est deuxième. Puis viennent, groupés, Mismatch, Bear Cat, Princess

Guy. Feu de Joie les suit de près. Mais voilà que Roi Midas s'apprête à les rejoindre !

Alec arrête d'écouter, car Roi Midas arrive sur sa droite ! En hâte, il ferme l'œillère. Il n'a plus la possibilité de déboîter, puis de contourner Princess Guy comme il projetait de le faire à la sortie du tournant. Roi Midas s'est placé derrière la pouliche noire. Son driver n'a pas envie, dans le tournant, de perdre du terrain.

La situation d'Alec devient critique. Bloqué, il ne peut pas rouvrir l'œillère…

Que faire ? Et le temps si précieux qui s'écoule ! Alec sait que, pour lui, tout dépend de ce que feront les autres. On débouche du tournant, on entre dans la première ligne droite. C'est ici, à n'en pas douter, que Silas Bauder va tenter sa chance. Il ne peut plus se permettre de se laisser traîner indéfiniment par Vif-Argent et Silver Knight…

Hélas ! le vieux driver maintient son poulain brun sur la même ligne que Mismatch et Princess Guy ! Il ne tente rien pour rattraper les deux leaders.

Alec sent Feu de Joie donner les premiers signes d'impatience. L'œillère doit être rouverte au plus tôt ! Il jette un regard à Roi Midas, et constate que celui-ci déboîte, va pour contourner Princess Guy. Soulagé, il rouvre l'œillère et décide de suivre Roi Midas. Plus question de retenir Feu de Joie et d'attendre le bon plaisir de Silas Bauder !

Par une ironie du sort, c'est cet instant que Silas Bauder choisit pour lâcher Bear Cat ! Alec revient précipitamment dans son sillage. Feu de Joie, heureux d'être moins retenu, suit avec allégresse Bear Cat quand celui-ci dépasse Silver Knight. Mais Princess Guy reste à une encolure du poulain brun et à une foulée devant Feu de Joie. Néanmoins, Alec se rend compte que la pouliche ne tiendra plus longtemps. Elle donne des signes de fatigue.

À une longueur devant Bear Cat, Vif-Argent, blanc d'écume, file à la corde. Fred Ringo en obtient toute la vitesse possible. Cependant, cette vitesse reste insuffisante, car Bear Cat, avec une aisance souveraine, réduit sans cesse la distance qui les sépare. Alec sait que les qualités du poulain de Silas Bauder sont nombreuses, ses réserves intactes. Mais Feu de Joie n'a rien à lui envier. Le conseil de Henry Dailey va-t-il enfin porter ses fruits ?

Princess Guy décroche un peu plus quand ils passent tous le poteau des mille deux cents mètres et s'engagent dans la courbe finale.

La pouliche noire, stimulée durement par Frank Lutz, se bat en vain, bien qu'avec courage.

Les haut-parleurs annoncent :

— Il ne reste plus que quatre cents mètres. Vif-Argent – avec quelle énergie ! – se maintient en tête. Bear Cat est deuxième, suivi par Princess Guy et Feu de Joie. Mismatch et Roi Midas prennent le tournant par l'extérieur. À la corde, High Noon, Fibber et Lord Bobbie tiennent bon. Quant à Victory Boy et à…

De nouveau, Alec arrête d'écouter. Seuls comptent pour lui les deux poulains et la pouliche qui précèdent Feu de Joie. Soudain, tous débouchent dans la dernière ligne droite !

Princess Guy résiste mieux qu'Alec ne l'avait pensé. Trop tard maintenant pour la contourner ! Bear Cat file avec Vif-Argent. Pour remettre son poulain en tête, Fred Ringo fait abondamment usage de sa cravache. Toujours côte à côte, Bear Cat et Vif-Argent entament le passage devant la pelouse.

Alec sent la sueur ruisseler de son front à ses yeux, puis à sa bouche. Il se dit : « Il faut que je réussisse… pour moi, pour Henry, pour Jimmy Creech, pour Tom, pour George ! Ils sont là-bas, dans les tribunes, parmi tant de visages indistincts. Ils me regardent, attendent, espèrent. Si cette satanée pouliche noire consentait à ralentir… à me laisser un peu de place entre elle et Bear Cat ! » Et il ajoute en lui-même : « Feu de Joie a tous les moyens pour gagner : vitesse, ténacité, résistance… Mais il n'a pas la place. De sorte que, si nous perdons, il n'y aura qu'un responsable : moi ! »

Déjà, les tribunes se rapprochent, grandissent… Silas Bauder, lui aussi, a des ennuis. En effet, Vif-Argent, plus encore que Princess Guy, s'accroche de façon inattendue. Le poulain rouan, fouaillé sans pitié par Fred Ringo, reste exactement à la hauteur de Bear Cat. Des milliers d'yeux sont fixés sur le vieux et le jeune driver. Il n'est pas un spectateur qui ne comprenne ce que ces derniers mètres signifient pour eux : pour Fred Ringo, une victoire dès sa première participation au Hambletonian ; pour Silas Bauder, l'espoir d'enlever le Hambletonian à la troisième manche.

La rumeur de la foule s'enfle, devient un rugissement. C'est que, centimètre après centimètre, Bear Cat dépasse Vif-Argent. En même temps, derrière eux Princess Guy lâche enfin !

Alec ferme l'œillère quand la pouliche noire trotte côte à côte avec Feu de Joie. Déjà, Bear Cat est à une demi-longueur devant Vif-Argent, et rien ne semble plus pouvoir s'opposer à sa victoire. Mais Feu de Joie ne l'a pas lâché et tient maintenant la tête avec lui. Tout à coup, Alec s'aperçoit que Princess Guy, cédant à la fatigue, a disparu : elle s'est mise à la faute[1] et son driver tire désespérément sur les rênes pour la remettre au trot. Alors, il rouvre l'œillère, et donne à Feu de Joie l'ordre que celui-ci attend depuis longtemps. Il le fait obliquer à droite, puis contourner la casaque de Silas Bauder. Feu de Joie obéit sans hésiter. Et, bientôt, ils n'ont plus sous les yeux qu'une piste absolument déserte !

Ils ont déboîté au bon moment. Alec détend les guides et, des mains autant que de la voix, il presse Feu de Joie d'y aller de tout son cœur. Le reste du travail, c'est au poulain seul qu'il appartient de l'accomplir.

Les tribunes comprennent plusieurs secondes avant Silas Bauder ce renversement de situation. Le vieux driver ne s'en rend compte que lorsque le poulain bai clair a commencé à le remonter. Par tous les moyens

1. Se dit d'un trotteur qui se met à galoper.

à sa disposition, il essaie d'obtenir que Bear Cat repousse le danger qui le menace. Le poulain brun réagit avec vigueur, mais trop tard, car Feu de Joie a déjà atteint le maximum de sa vitesse. Alors, ils couvrent l'ultime ruban de piste l'un près de l'autre, leurs têtes, leurs encolures, leurs corps brillants de sueur tendus à se rompre. Et ils donnent l'impression de passer le poteau dans la même foulée.

Alec ne ralentit que progressivement et continue ainsi bien après que Silas Bauder a arrêté Bear Cat. Il veut être seul avec Feu de Joie. Il se sent envahi par une terrible faiblesse et a du mal à rester droit sur le siège du sulky. Cette remontée épuisante lui a paru interminable. Pourtant, elle n'a pas duré deux minutes !

Dès que les clameurs des tribunes sont un peu calmées, la voix du présentateur leur succède :

— Mesdames et messieurs, vous connaîtrez le vainqueur quand la photo sera développée. Un peu de patience, je vous prie.

Après une pause, elle ajoute :

— Que M. Ramsay et M. Bauder soient assez aimables pour rester avec leurs poulains sur la piste.

Alec n'a pas besoin de la photo pour savoir qui a gagné la seconde manche du Hambletonian. C'est Feu de Joie… par le plus court des nez.

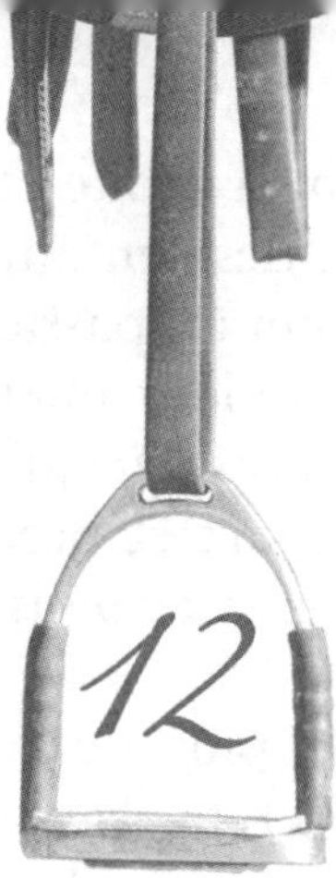

12 Révolte !

Alec ne se rend pas clairement compte de ce qui se passe ensuite. Il entend certes que Feu de Joie a gagné. Mais le reste de l'annonce se perd dans les clameurs redoublées de la foule. Pour lui, il n'est préoccupé que de reconduire son poulain au paddock.

La déclaration du speaker n'a d'ailleurs rien eu de particulièrement original :

— Permettez-moi de vous présenter le gagnant de la seconde manche du Hambletonian. C'est Feu de Joie, par Black et Rosie Queen. Son propriétaire est M. Jimmy Creech, de Coronet, Pennsylvanie. Son driver est Alec Ramsay.

À la porte de la piste, comme à droite et à gauche de l'allée du paddock, des centaines de personnes essaient de toucher au passage le poulain. Des policiers font de leur mieux pour les contenir. Il en est ainsi jusqu'au moment où Henry Dailey accourt et prend Feu de Joie par la bride. Rassuré, Alec pense : « Maintenant, tout ira bien. »

Dans le paddock, s'il n'y a plus de turfistes à l'enthousiasme indiscret, ils sont remplacés par des journalistes et des photographes !

Henry les écarte avec des gestes irrités, montrant même le poing à ceux qui s'approchent un peu trop.

— Éloignez-vous ! Éloignez-vous donc ! Ce poulain a besoin d'air !

Il arrête Feu de Joie devant sa stalle, dit à Alec de descendre du sulky, et se retournant brusquement vers les intrus :

— Vous ne comprenez donc rien ? Combien de fois faudra-t-il vous répéter que ce poulain a besoin d'air ? Et puis, que diable ! le Hambletonian n'est pas terminé !

Les journalistes reculent à contrecœur. Mais Henry Dailey n'est pas encore satisfait.

— Plus loin ! Plus loin !

Le visage assombri par la colère, il crie :

— Où sont les surveillants ? Où est-ce qu'ils se cachent ? Il n'y a donc personne pour tenir ces gens à distance ?

Les éclairs des lampes au magnésium font se cabrer Feu de Joie. Henry, tout en protestant avec véhémence, s'efforce de le calmer. Sa voix attire finalement plusieurs employés du paddock. Ils ont vite fait de mettre journalistes et photographes à la raison.

Henry vient de débarrasser le poulain de son harnais, lorsque Jimmy Creech apparaît.

— Est-ce que je peux t'aider ?

Henry lui montre, à cinquante mètres, les journalistes et les photographes.

— Si tu veux être utile, va leur raconter tout ce qu'ils désirent savoir. Comme ça, ils ficheront le camp. Si Feu de Joie ne peut pas respirer à son aise et s'il n'a pas un peu de tranquillité, il n'y aura pas de troisième manche pour lui.

Creech montre, d'un geste, qu'il a compris. Et, redressant ses maigres épaules, il marche vers le groupe d'un pas résolu. Il a vu naître Feu de Joie dans son ranch. Il l'a élevé. Ce poulain lui appartient. C'est donc à lui de le protéger !

Il reste plusieurs minutes avec les journalistes, leur fournit tous les renseignements qu'ils peuvent souhaiter. Après leur départ, il revient vers Henry. Celui-ci lui dit :

— Merci de nous avoir débarrassés de cette engeance.

Creech sourit et répond en prenant une éponge :

— Oh ! de rien, Henry. Tu sais, ça m'a plutôt amusé.

Alec, à quelques pas, se repose sur une chaise. C'est la première fois qu'il voit sourire Jimmy Creech. Un moment, il le regarde passer et repasser, d'un mouvement caressant, l'éponge sur le dos du poulain. Puis, incapable de demeurer oisif plus de cinq minutes, il se lève, entreprend de nettoyer la bride et le harnais. Henry proteste :

— Tu es fou ! Tu ferais mieux de te reposer.

Mais Alec continue de travailler. D'ailleurs, les minutes filent. Combien en reste-t-il avant la troisième manche ? Très peu, semble-t-il…

Creech met la couverture sur le dos du poulain et annonce :

— Je vais le promener.

— Non, moi, intervient Henry Dailey d'un ton sans réplique.

Creech s'approche d'Alec.

— Au moins, laissez-moi nettoyer le harnais. Il faut que je m'occupe. Asseyez-vous et reposez-vous, Alec. Vous avez encore un gros effort à fournir.

Alec doit lui donner satisfaction. Tout le monde lui dit de s'asseoir, mais personne ne veut demeurer les bras croisés. On devrait comprendre qu'il a besoin lui aussi d'un travail quelconque, ne serait-ce que pour détourner ses pensées.

— Vous avez manœuvré à la perfection, reprend Jimmy Creech. Vous avez eu Silas Bauder par surprise. Je n'ai jamais vu driver avec autant d'adresse.

Alec a envie de répliquer : « Pour la manœuvre, inutile de me féliciter. Si Princess Guy avait tenu une seconde de plus, votre poulain était battu. »

Pourtant, il garde le silence. D'ailleurs, il n'a pas envie de parler. Il veut surtout qu'on le laisse tranquille.

— Cette fois, ajoute Creech, vous allez avoir la meilleure place au départ. Moins de chemin à parcourir, Alec ! Moins de chemin à parcourir !

Alec poursuit sa songerie : « C'est vrai. Si je m'accroche à la corde, je n'aurai à couvrir que mille six cents mètres, pas un mètre de plus. Oui, mais seulement si je place Feu de Joie en tête. Pourra-t-il mener pendant mille six cents mètres ? À l'hippodrome Roosevelt, Henry m'a dit qu'il ne résisterait pas aux trois manches du Hambletonian. Est-ce toujours son avis ? Avons-nous une chance dans la troisième manche ? Feu de Joie souffle encore comme une forge. Il est vrai que les autres poulains ne valent guère mieux… »

Il laisse Jimmy Creech et rejoint Henry et Feu de Joie. Il remarque que, pour la première fois, on promène Bear Cat.

— J'ai l'impression, dit-il à Henry, que Silas Bauder a changé de méthode.

— C'est aussi mon impression, répond Henry. Je n'aurais peut-être pas dû lui parler de ça aujourd'hui… Mais, toi, pourquoi ne te reposes-tu pas ? Tu dois en avoir besoin.

— Non, Henry, je n'ai pas besoin de repos. J'ai besoin de marcher. Pour moi, c'est la meilleure détente. Depuis le début de la saison, cette course est la plus dure de toutes celles auxquelles j'ai participé.

— Je sais. Il vous aurait fallu, à toi et au poulain, une préparation plus longue.

Henry se tourne vers Alec et le regarde avec une expression d'amitié affectueuse.

— Ce qui est certain, c'est que tu possèdes un cerveau bien organisé. Tu as remarquablement drivé. Tu as fait ce qu'il fallait faire, au moment où il le fallait. Personne ne s'en serait tiré mieux que toi.

— Personne non plus ne pouvait avoir un meilleur poulain, dit Alec.

— Ça aussi, je le sais.

Ils s'arrêtent devant un seau plein d'eau. Alec le soulève, l'élève à la hauteur des naseaux de Feu de Joie, compte les gorgées, puis repose le seau en disant :

— Pour l'instant, ça suffit.

Et se tournant vers Henry :

— Je voudrais le promener.

Henry lui remet le licol. Et ils marchent tous les trois sur la même ligne entre les stalles. Au bout de plusieurs secondes seulement, Alec formule la question qui l'obsède :

— Crois-tu qu'il tiendra une autre manche ?

— Bien sûr… tout comme toi !

— Mais à une vitesse suffisante ? Je parle sérieusement, Henry. Je veux savoir.

— Ça, c'est plus délicat. Impossible d'être catégorique. Ce que je crois, c'est que Feu de Joie est assez fort pour battre la plupart des concurrents.

— La plupart ?

— Oui… tous même… sauf un. Le poulain qui est là-bas. Alec… eh bien, pour être franc, il m'inquiète… et aussi son driver !

Alec examine Bear Cat. Le poulain brun avance d'un pas souple, aisé. Apparemment, il souffle moins que Feu de Joie. Cependant, ce que Henry Dailey vient de dire n'a rien de nouveau ni d'étonnant. Depuis le début, Alec sait que, pour Feu de Joie, Bear Cat représente l'obstacle majeur. Mais Feu de Joie vient de le battre ! Pourquoi ne renouvellerait-il pas cet exploit ?

— Bear Cat, explique Henry Dailey, est, de tous les concurrents, le seul qui ait été préparé pour le Hambletonian. En tout cas, c'est mon opinion. Il a été façonné pendant plusieurs mois en vue de cette épreuve. Il est arrivé au summum de sa forme. Il a l'endurance, la vitesse et…

Henry s'arrête de parler et suit du regard Silas Bauder qui s'est approché de Bear Cat et glisse une main sous sa couverture.

— En outre, continue l'entraîneur, il a un driver bourré d'expérience et de bon sens. Tu l'as sans doute remarqué : Silas Bauder n'a demandé à son poulain que des entraînements préliminaires légers. Il ne se souciait pas de la première manche. Ce qui l'intéressait, c'était la seconde et la troisième.

— Mais, objecte Alec, il n'a pas gagné la seconde !

— Non. Tu lui as coupé l'herbe sous le pied. Toutefois, attention ! Il n'est pas découragé pour autant. Dans son esprit, tu l'as simplement retardé. Maintenant, il compte bien remporter les troisième et quatrième manches.

— Henry, s'exclame Alec, Tu ne veux pas dire qu'il y aura une quatrième manche au cas où Bear Cat gagnerait la troisième ?

— Si. C'est l'unique moyen de désigner le vainqueur du Hambletonian. Néanmoins, s'il y a une quatrième manche, n'y participeront que les gagnants des trois premières : Vif-Argent, Feu de Joie et Bear Cat.

Alec prononce avec un sourire amer :

— Henry, tu vas vite en besogne ! Bear Cat n'a pas encore gagné la troisième.

— C'est à toi et à Feu de Joie de l'en empêcher. Si une quatrième manche a lieu, Bear Cat sera seul dans la course : Feu de Joie sera vidé aux trois quarts et Vif-Argent ne tiendra plus sur ses jambes.

Ils continuent à promener Feu de Joie, mais sans parler. Au bout d'une demi-heure, ils comprennent que l'attente est sur le point de se terminer. Ils replacent le poulain dans sa stalle. Jimmy Creech, qui est toujours avec eux, semble rendu muet par l'angoisse. Feu de Joie seul bouge, fait du bruit. Il tire sur son licol, s'ébroue, ou chasse les mouches d'un coup de tête.

Pour Henry Dailey, ce moment est le plus pénible. Il a accompli toutes les tâches indispensables. Il lui reste cependant un problème qu'il doit résoudre au cours de ces dernières minutes : comment fera-t-il pour rendre l'œillère vraiment inutilisable ?

Il jette un cou d'œil à Alec. Celui-ci se tient près de Feu de Joie et agite la main pour éloigner les mouches. Il paraît avoir oublié – ou pardonné ? – le tour que Henry a essayé de lui jouer avant la seconde manche. Mais est-ce bien sûr ? Si Alec n'a rien oublié, il ne manquera pas, le moment venu, de vérifier si la corde de l'œillère est convenablement attachée. « Il faut que j'invente autre chose, pense Henry, et que je m'arrange pour ne pas être repris la main dans le sac. »

Soudain, il croit avoir trouvé le bon moyen. Il souhaite que Jimmy Creech sorte de la stalle et rejoigne Tom et George dans les tribunes. Ce qu'il se propose de faire ensuite est délicat, difficile. Il risque d'échouer si quelqu'un le gêne. Et puis, la présence de Jimmy le rend nerveux, en ce qu'elle lui rappelle sans arrêt l'importance que revêt, aux yeux de ce malade, la troisième et peut-être dernière manche du Hambletonian.

Il est vrai que, si cette manche est très importante pour Jimmy Creech, elle l'est également pour Alec. Tous deux désirent voir Feu de Joie, fils du célèbre Black, gagner le Hambletonian. D'ailleurs, plus que n'importe quel autre concurrent, le poulain bai clair mérite de l'emporter. Jamais, dit-on partout, une seconde manche n'a été courue à cette allure. Pour la gagner, après avoir remonté des concurrents valeureux, Feu de Joie a montré des qualités hors du commun, un courage exceptionnel.

Et la troisième manche ? Sera-t-elle plus rapide encore ? Henry est persuadé que les milliers de spectateurs se posent cette question. Eux aussi savent que la troisième manche sera un affrontement entre deux poulains, si Vif-Argent se révèle incapable d'atteindre la vitesse nécessaire. Seul Feu de Joie a une chance de battre Bear Cat. Toutefois, quel genre de chance ? Petite ou grande ? Personne, à commencer par

Henry, n'aurait su le dire. Le résultat dépendra de la tactique générale, des renversements de situation, des occasions saisies ou perdues…

Comme d'habitude, l'œillère est accrochée à l'une des parois de la stalle. Henry la contemple un bon moment. Elle a donné, pendant la deuxième manche, d'excellents résultats. Alec l'a utilisée de nombreuses fois. Et voilà que le jeune driver et son poulain vont en être privés !

Henry pivote sur lui-même. Il est bien décidé à agir. « Je joue gros jeu ! se répète-t-il. Mais il faut qu'Alec et Feu de Joie découvrent qu'ils possèdent l'audace et le sang-froid dont jusqu'ici, par la faute de cette œillère, ils se sont crus privés. »

À la fin, l'appel retentit :

— Attelez ! Nous sortons dans quelques minutes.

Instantanément, dans les stalles, l'animation devient intense. Les poulains sont harnachés. Pour presque tous, c'est la dernière fois de la journée. Seuls Bear Cat, Vif-Argent et Feu de Joie peuvent se voir imposer un quatrième essai. Dans l'ensemble, les drivers des autres concurrents n'espèrent guère battre le poulain brun de Silas Bauder. Il ne reste donc, contre Bear Cat, que deux rivaux sérieux : Feu de Joie et Vif-Argent.

Alec est le premier à poser la main sur l'œillère.

— Aide Jimmy à harnacher, dit-il à Henry. Moi, je m'occupe de la bride et de l'œillère.

Henry comprend alors que, si Alec a pardonné, il n'a pas oublié… Le jeune garçon est évidemment décidé à surveiller la tête du poulain jusqu'à la porte de la piste ! Cette découverte provoque, chez Henry, un revirement instantané. Puisqu'il en est ainsi… les mâchoires serrées, il s'avance et, d'un geste prompt, il enlève l'œillère qu'Alec achève de poser.

— Qu'est-ce qu'il y a, Henry ? demande Alec. Elle était correctement posée !

— Tu ne feras pas ça, dit Henry à mi-voix.

— Alors, pose-la toi-même. Et presse-toi. On n'a pas le temps de plaisanter.

— Je ne plaisante pas. Elle ne sera posée ni par moi ni par qui que ce soit.

Jimmy Creech s'est approché, les yeux arrondis de surprise.

— À quel sujet discutez-vous ? Le poulain est prêt. En route. On nous attend.

Mais Alec et Henry ne lui prêtent aucune attention. Ils se tiennent face à face, comme deux coqs de combat. Livide, les traits plus creux que jamais, Henry finit par prononcer :

— J'ai fait fabriquer cette œillère. Je l'ai payée de mon argent. Elle m'appartient. Si je la reprends, c'est parce que Feu de Joie n'en a plus besoin. Toi non plus.

Sur ces mots, il tourne les talons et s'éloigne à grands pas. Sa silhouette est celle d'un homme voûté, soudain très vieux.

Alec le regarde sans bouger. Mais Jimmy Creech s'élance à sa poursuite, le rattrape à la porte du paddock. Henry l'écarte d'un geste sans douceur, puis se perd dans la foule.

Creech revient à la stalle et reste près d'Alec à bredouiller :

— Enfin... pourquoi est-ce qu'il a fait ça ?

Alec pourrait le renseigner. Cependant il estime le moment mal choisi.

D'ailleurs, le juge du paddock le tire de sa torpeur.

— Qu'est-ce que vous faites, Ramsay ? Pressez-vous. Vous allez nous retarder !

Alec, ayant passé la bride, dit à Feu de Joie :

— Allons-y. Et, cette fois, sans œillère !

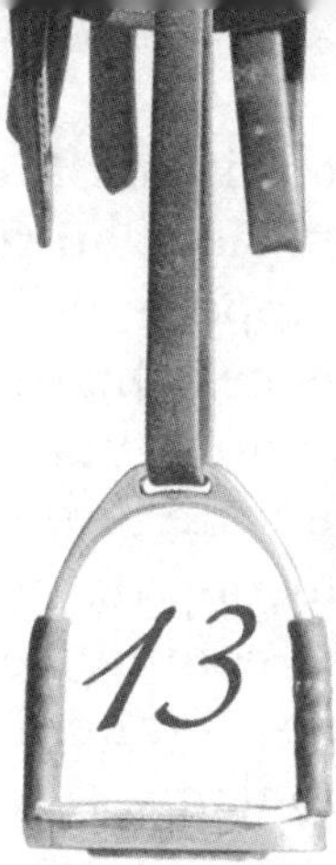

13

Jusqu'au bout... comme une flèche !

Grésillement des haut-parleurs, puis voix du présentateur :

— Les chevaux vont se placer derrière l'auto-start, pour la troisième manche du Hambletonian.

Leurs essais terminés, les concurrents passent en deux colonnes devant les tribunes. Ils occupent les places qu'ils ont obtenues lors de la seconde manche. Feu de Joie, premier du premier groupe, conduit la parade. Bear Cat se trouve immédiatement derrière lui.

Alec ne quitte Feu de Joie du regard que pour observer l'homme à la tunique rouge qui les précède. Et, au-delà, à l'extrémité de la piste, attend la voiture qui va lancer la course. Alec n'est pas plus attentif aux huit poulains qui le suivent qu'aux neuf autres qui cheminent sur le bord opposé de la piste. Mais il sent leur présence. Dix-sept rivaux décidés sûrement à montrer autant d'acharnement qu'au début de cette grande épreuve. Contrairement à beaucoup de personnes, Alec ne considère pas comme certain que la troisième manche se limitera à un affrontement entre deux poulains. Il sait que, quand les adversaires sont très nombreux, il faut toujours compter avec des surprises. Aussi limite-t-il son ambition à porter Feu de Joie en tête, afin de lui donner une chance sérieuse de courir avec la même énergie qu'avant.

Feu de Joie ne tourne la tête ni à droite ni à gauche. Les oreilles pointées, les yeux fixés devant lui, il voit diminuer la distance qui le sépare encore de l'auto-start. Il sait très bien ce qui va se passer. Il est prêt et impatient. Souffre-t-il d'être privé de l'œillère ? Il ne semble pas.

Alec a cessé d'en vouloir à Henry Dailey. Sa colère a disparu au moment où il l'a vu disparaître dans la foule, l'œillère à la main. Ce qui est fait est fait. Il n'y a plus qu'à accepter le jugement prononcé par Henry : « Si je la reprends, c'est parce que Feu de Joie n'en a plus besoin. »

« Pourvu qu'il ait raison ! murmure le jeune garçon. D'ailleurs, il le faut… Il faut qu'il ait raison ! » Dans le passé, il n'a jamais douté une seule fois de Henry. Pourquoi aujourd'hui, alors que l'enjeu est si important, douterait-il de cet associé, de cet ami qui lui a donné tant de preuves de sincérité et de compétence ?

Dans deux ou trois secondes, Alec saura si Feu de Joie peut encore être gêné par la suppression de l'œillère. Car, aux abords de l'auto-start, il y aura sûrement bousculade…

Voix du speaker :

— Les concurrents sont maintenant sous les ordres du starter.

Les tribunes font silence quand la voiture s'ébranle.

— Bauder, ordonne le starter, rapprochez votre poulain. Vous traînez !

Alec a amené Feu de Joie le plus près possible des ailes métalliques. À sa gauche, les piquets de la corde défilent de plus en plus vite. À la droite de Feu de Joie, il n'y a encore qu'un vide, puisque Silas Bauder s'obstine à maintenir Bear Cat un peu en retrait. « C'est comme au démarrage de la seconde manche, pense Alec. Silas Bauder va attendre, puis, quand les ailes se replieront, il bondira en avant. »

Mais le starter ne veut pas se laisser manœuvrer.

— Bauder, insiste-t-il, rapprochez-vous… sinon je reprends le départ !

Bear Cat se rapproche donc un peu, de sorte que sa tête se trouve à la hauteur de la croupe de Feu de Joie. Alec jette un regard à Vif-Argent qui est placé de l'autre côté du poulain brun. Fred Ringo le laisse presque toucher l'auto-start. On le sent résolu à tout faire pour reprendre à Silas Bauder ce qu'il a dû lui céder à la seconde manche.

Feu de Joie avance à un train régulier. Quand Bear Cat vient sur sa droite, il ne bronche pas, reste les yeux fixés devant lui. Machinalement, Alec recourbe son auriculaire. Mouvement inutile, puisque l'œillère a disparu…

Le roulement des sabots sur le sol devient plus bruyant. Tous les spectateurs se sont levés. Ils ont arrêté de crier et guettent en silence la suite des événements. Les concurrents allongent leurs foulées. Le moteur de la voiture ronfle de plus en plus fort.

Durant cette ruée vers la ligne de départ, Alec ne cesse de surveiller Feu de Joie. Celui-ci, au voisinage de Bear Cat, va-t-il manifester sa frayeur habituelle ? Mais le poulain ne paraît rien regarder que les bras métalliques de l'auto-start et il secoue la tête pour montrer qu'il veut être tenu moins serré.

Alec recourbe de nouveau son auriculaire. Cette fois, il se rend compte de son erreur. Et, pour dominer la nervosité qui l'envahit, il décide de ne plus s'occuper que d'observer Feu de Joie. Le poulain ne montre aucune crainte de Bear Cat, bien que celui-ci soit maintenant à sa hauteur. Donc, en supprimant l'œillère, Henry Dailey a eu raison ! D'ailleurs, Feu de Joie paraît surtout farouchement déterminé à brûler au plus tôt la politesse à ses rivaux.

Alec sent que la sueur de ses mains se communique aux rênes. Un coup d'œil à Bear Cat… et il se surprend – simple réflexe – à recourber encore son auriculaire ! Perd-il la tête ? Des gouttes d'eau salée tombent de son front dans ses yeux. Il est anxieux. Pour lui-même ? Pour Feu de Joie ? Il doit planter ses ongles dans les lanières de cuir pour les empêcher de lui échapper.

Le poulain bai clair secoue la tête. « Bien sûr, tu trouves les guides trop tendues », pense Alec. Pourquoi les a-t-il raidies de cette façon, d'autant que Bear Cat est maintenant à une demi-tête devant Feu de Joie ? Pourquoi ne pas les détendre ? Feu de Joie est résolu, mais calme. « En outre, se dit le jeune garçon, nous avons la meilleure place à la corde. Il suffit de conserver la tête. Et, à l'arrivée, la victoire ! »

Il ne reste que quelques foulées avant la ligne de départ. Feu de Joie n'arrête pas de secouer la tête. Il semble dire : « Tu ne t'aperçois donc pas que nous rétrogradons ? » Quand Alec essaie de détendre les rênes, il s'aperçoit que ses mains tremblent.

Devient-il fou, alors que son poulain paraît, lui, en possession de tous ses moyens ? A-t-il eu, autant que Feu de Joie, besoin de l'œillère ? Est-ce là ce que Henry a voulu dire lorsque, après avoir déclaré : « Si je la reprends, c'est que Feu de Joie n'en a plus besoin », il a ajouté : « Toi non plus » ?

Eh bien, oui, c'est exactement ce que Henry Dailey a voulu dire ! Furieux de son aveuglement, le cœur battant à éclater, Alec, persuadé soudain qu'il agit comme s'il voulait nuire à son poulain, cesse alors de tirer sur les rênes, rendant ainsi une entière liberté à Feu de Joie.

Malheureusement, cette liberté s'offre une fraction de seconde trop tard. Les ailes de la porte mobile viennent juste de se replier. Bear Cat est à une longueur devant Feu de Joie, et Vif-Argent menace Bear Cat !

Pour stimuler Feu de Joie, Alec lève les mains, secoue les guides. Mais quel remords il éprouve ! Car le responsable de ce retard, ce n'est pas le poulain. C'est lui-même ! Il sait quels efforts il va falloir déployer pour ne pas abandonner la corde à Vif-Argent et à Bear Cat. Déjà, fouaillant Vif-Argent à coups redoublés, Fred Ringo tente de dépasser le poulain brun.

C'est à ce moment qu'Alec se ressaisit. Ayant retrouvé la maîtrise de ses nerfs, il estime que la seule solution est de réfléchir. Et, sa décision arrêtée, il reprend les guides, freine Feu de Joie. Il sait qu'il ne peut plus empêcher Bear Cat de se placer devant lui. Après le tournant, il se lancera à la poursuite du poulain brun. Quant à Vif-Argent, il ne juge pas nécessaire de lui accorder de l'importance…

Pourtant, au voisinage du tournant, il voit Fred Ringo se rabattre sur Bear Cat. Silas

Bauder, pour échapper à un accident, doit ralentir le poulain brun… ce qui permet à Feu de Joie de s'en rapprocher. Le vieux driver foudroie du regard l'imprudent Fred Ringo.

Maintenant, Vif-Argent est en tête à la corde. Bear Cat se tient juste derrière lui et à sa droite. Alec amorce un mouvement pour s'écarter de la corde. Il ne veut pas être bloqué. En outre, il est certain que Vif-Argent ne tiendra pas. En effet, dans le tournant, Bear Cat le remonte, trotte côte à côte avec lui. Puis Vif-Argent ralentit, plus tôt même qu'Alec ne l'avait prévu. Ses foulées deviennent irrégulières et inefficaces.

Alec se détourne à demi pour voir où en sont les autres concurrents. Il constate qu'il a tout le temps nécessaire pour doubler Vif-Argent et Bear Cat. Il détend les guides, fait déboîter Feu de Joie et l'amène dans le sillage du poulain gris et un peu sur sa droite.

Fred Ringo paraît surpris quand Bear Cat commence de le remonter. Il brandit sa cravache. Pendant quelques secondes, Vif-Argent continue de trotter côte à côte avec Bear Cat. Mais pendant quelques secondes seulement…

Quand l'incident se produit, Alec est trop près de Fred Ringo. Vif-Argent bute, reprend son aplomb, bute de nouveau. Alec, prévoyant le pire, tire sur les guides… à l'instant précis où Vif-Argent bute pour la troisième fois et tombe !

Fred Ringo essaie de s'accrocher au sulky. Ne trouvant aucune prise, il est projeté en avant, atterrit près de son poulain et roule à plusieurs mètres.

Alec, voyant Fred Ringo devant lui, tire de toutes ses forces sur les rênes et essaie d'obliquer à droite. Le temps lui manquant pour calculer, c'est uniquement d'instinct qu'il agit. Mais, à la vitesse où il va, ses efforts ne peuvent que rester inutiles. Il aperçoit, dans un éclair, le visage de Fred Ringo tourné vers lui et, bouleversé, il attend le bruit sourd des sabots de Feu de Joie butant contre le corps étendu. Pourtant, miracle, le poulain bai clair réussit à épargner le jeune driver.

Lorsqu'il est arrivé à chasser l'image tragique du visage de Fred Ringo tourné vers lui, Alec se demande : « Où sommes-nous ? » Et il se voit pressé de tous côtés par les autres concurrents !

La voix du présentateur s'élève, rassurante :

— Fred Ringo et son poulain ne paraissent pas blessés. Maintenant, après quatre cents mètres, Bear Cat mène, à environ deux longueurs. Princess Guy est deuxième, Mismatch troisième, Lord Bobbie quatrième. Le reste du peloton est groupé. Roi Midas tient la corde devant High Noon. Feu de Joie, dans son effort pour éviter l'accident, a perdu beaucoup de terrain. Il est maintenant en pleine piste.

Alec distingue avec netteté les concurrents qui forment un barrage autour de lui. Aucun d'eux ne laisse à Feu de Joie la possibilité de se lancer à la poursuite des fuyards. Seule solution : attendre, espérer qu'une brèche s'ouvrira à la sortie du tournant. En tout cas, pour Feu de Joie, elle est bien finie, la course facile… Les mille six cents mètres qu'il aurait pu boucler en conservant, du départ à l'arrivée, la tête et la corde. Il va devoir se surpasser, s'épuiser même, sans être sûr de trouver, au bon moment, le passage entre deux concurrents. Est-ce l'impasse, le cul-de-sac, donc l'échec ?

« Non, non ! se répète Alec. Il faut que je trouve un moyen. Il faut que nous sortions de là ! »

Mais alors pourquoi ne le cherche-t-il pas, ce moyen ? Pourquoi garde-t-il Feu de Joie au milieu des autres ? Pourquoi se contente-t-il d'attendre, d'espérer ? Pourquoi ne manœuvre-t-il pas lui-même de façon à créer la brèche dont il a absolument besoin ?

Les concurrents, groupés, sortent du tournant, entrent dans la ligne droite. Les positions restent inchangées. Et il n'y a toujours pas le moindre passage pour Feu de Joie ! Bear Cat file en tête. Princess Guy, Mismatch et Lord Bobbie le talonnent. Seront-ils seuls à disputer la victoire au poulain brun ?

Tanger se trouve juste devant Feu de Joie. À sa droite, se tiennent Star Queen et, assez éparpillés, quatre autres concurrents. Star Queen, qui a pris le tournant à l'extérieur, ne parvient pas, dans la ligne droite, à se rapprocher de Tanger.

Il y a là une occasion. Mais Alec la néglige. Il ne veut pas risquer un nouvel accident en poussant Feu de Joie dans une ouverture trop étroite. Ce n'est pas la peur qui l'inspire, mais la prudence. Il juge plus habile d'attendre.

Sans en avoir reçu l'ordre, le poulain bai clair allonge ses foulées et s'enfonce dans l'ouverture. Alec s'en aperçoit trop tard pour le dissuader. Feu de Joie est engagé entre deux sulkies ! Alec, d'un regard, croit qu'il a assez de place pour sa propre voiture. Il détend donc ses guides et a bientôt Tanger à sa droite et, à sa gauche, Star Queen. Mais, une fois de plus, la voie se trouve bloquée. Alec retient Feu de Joie et réussit à l'empêcher de heurter Silver Knight qui se trouve maintenant devant eux.

Malgré sa fougue, Feu de Joie n'a obtenu qu'un modeste résultat : il s'est un peu rapproché – une longueur – du gros des concurrents. Et Bear Cat, en tête, continue de prendre du champ ! De son côté, Alec n'a rien fait – bien au contraire ! – pour résister à l'ardeur du poulain et à son refus de patienter. Au contact de cette ardeur, sa propre volonté se réveille, balaie toute prudence et se fixe sur une seule obsession : gagner.

« Fini d'attendre ! se dit-il. Il faut à tout prix progresser, nous rapprocher petit à petit de l'endroit où nous voulons être placés ! »

Son idée est toujours de réduire, autant que possible, la distance imposée à Feu de Joie. Il regarde les poulains placés entre lui et la corde. Pas d'espace suffisant. Par conséquent, toute tentative dans cette direction serait vaine. En revanche, à l'extérieur, il y a une brèche entre Cricket et Victory Boy. Mais comment Feu de Joie pourrait-il l'atteindre ?

En effet, sur sa droite. Star Queen lui barre la route.

Alec examine la robuste pouliche alezane, attend quelques secondes, puis commence à déboîter, avec douceur, par petites touches, de sorte que, sans brusquer les choses, il contraint la pouliche à se déplacer latéralement en même temps que lui. Et, bientôt, il se trouve derrière la brèche. Alors, il lâche Feu de Joie. Sans hésiter, le poulain se faufile entre Cricket et Victory Boy !

Hélas ! une fois de plus, un barrage se dresse devant eux ! Mais Feu de Joie est lancé. Impossible de l'arrêter dorénavant. À plusieurs reprises, Alec lui dit :

— Doucement, doucement ! Il ne faut rien brusquer… rien brusquer !

À la fin, il se décide, ramène Feu de Joie vers l'intérieur, le fait passer comme un trait entre Chief Express et Big Venture.

Les drivers protestent avec fureur. Alec n'en continue pas moins à conduire Feu de Joie vers l'avant, jusqu'au moment où ils ne sont séparés des leaders que par Roi Midas et High Noon. Pour doubler ceux-ci, Alec doit encore déboîter. Certes, il a perdu tout espoir de donner à son poulain une course « en or ». Il a commencé à faire un slalom entre les concurrents. Il doit continuer en sachant qu'il aura plus de chemin à parcourir que les autres. Pendant trois secondes, Big Venture, Feu de Joie, High Noon et Roi Midas trottent à la même hauteur. Puis le poulain bai clair se détache et laisse les autres sur place.

Alec et Feu de Joie ont atteint leur but ! La voie est libre entre eux et les leaders. Feu de Joie s'engage avec le même entrain dans le deuxième tournant.

Le speaker déclare :

— Aux huit cents mètres, Bear Cat a augmenté de quatre longueurs son avance sur Princess Guy. Lord Bobbie les suit. Mismatch est quatrième. Puis viennent les autres concurrents. Feu de Joie, à la corde, les précède. Derrière lui, restent groupés Roi Midas, High Noon, Big Venture. Quant à Cricket…

Ayant obtenu ce qu'il veut, Alec ralentit. Feu de Joie tente de se débattre. Mais Alec ne lui cède pas.

— Tu as besoin d'un peu de repos, lui dit-il.

Ils viennent de couvrir huit cents mètres dans des conditions très dures. Ces à-coups, ces démarrages répétés sont pour le poulain plus fatigants qu'une allure soutenue. Alec le maintient à la corde, sans se soucier des traînards ni des leaders.

— Oui, tu as besoin de souffler, ajoute-t-il. Profites-en bien. Ce sera très court.

Il ne s'alarme pas quand il entend plus nettement les traînards. Dans son esprit, ils ont tous épuisé leur réserve de vitesse. Aucun d'eux n'est capable de rattraper Feu de Joie et moins encore les leaders.

Le poulain bai clair débouche sur la longue ligne droite conduisant au dernier tournant. Mais, pour Alec, rien d'autre ne compte que le répit qu'il lui accorde. Il est sur le point de demander beaucoup à Feu de Joie… un effort peut-être trop grand après celui qu'il vient de fournir. En effet, il est décidé à le laisser filer librement jusqu'à l'arrivée. Et le moment est venu ! Impossible d'attendre plus longtemps… Brusquement, il détend les guides. Le sort en est jeté : victoire ou défaite !

Quand le poulain s'élance, Alec regarde devant lui. Mismatch perd du terrain. Il trotte à quelques mètres de la corde. Alec juge que le passage est suffisant. Les foulées de son adversaire sont rapides, mais désordonnées, d'une efficacité à peu près nulle. Feu de Joie le rattrape très vite, frôle son sulky et continue de foncer, cette fois vers Princess Guy et Lord Bobbie qui s'acharnent à talonner Bear Cat.

Silas Bauder et son poulain brun sont déjà engagés dans le dernier tournant. Depuis un moment, ils n'ont pas augmenté leur avance. Mais Silas Bauder est satisfait. Bear Cat, relativement frais, semble en état de tenir jusqu'à la ligne d'arrivée. Il a eu une course facile, sans à-coups, sans zigzags : juste mille six cents mètres…

De son côté, Alec a entamé avec résolution la phase finale de l'épreuve. Feu de Joie résistera-t-il ? En tout cas, il se rapproche de Princess Guy et de Lord Bobbie. Le tournant est à portée de main. Alec ne veut pas le prendre trop au large. Son idée reste d'économiser le terrain dans toute la mesure possible, afin de ménager son poulain. Princess Guy tient la corde. Lord Bobbie trotte à côté d'elle.

À l'approche du tournant, Alec maintient Feu de Joie près de la corde. Il n'arrête pas de surveiller Princess Guy, car il sait qu'elle a tendance, dans les tournants, à se laisser déporter vers l'extérieur. Si cela se produit, elle entraînera Lord Bobbie avec elle et, de cette façon, créera peut-être un « trou » où Feu de Joie pourra s'engager. Les deux drivers – le sien et celui de Lord Bobbie – ne se sont pas aperçus que Feu de Joie n'est séparé d'eux que par une courte distance.

Princess Guy hésite un instant... Comprenant ce qui va se passer, Alec rabat Feu de Joie vers la corde, à la seconde précise où la pouliche noire oblique vers le milieu de la piste, entraînant avec elle, comme prévu, Lord Bobbie. Feu de Joie fonce en direction du couloir qui s'agrandit à mesure que Princess Guy s'en éloigne. Les dés sont jetés ! Plus rien maintenant ne peut être changé.

Le présentateur décrit la situation :

— Aux mille deux cents mètres, Bear Cat a toujours quatre longueurs d'avance sur Princess Guy et Lord Bobbie en pleine piste. Feu de Joie revient très fort à l'intérieur !

Alec garde les yeux fixés sur le couloir. Il ne sait pas que Silas Bauder, s'étant retourné et ayant vu Feu de Joie considérablement rapproché, a soudain décidé d'entamer lui aussi son sprint final.

Quand le couloir lui paraît suffisamment large, Alec stimule Feu de Joie. Mais le poulain bai clair n'en a guère besoin. Il ne trotte plus, il vole. Ses sabots ne semblent même pas toucher le sol. Il n'est qu'à quelques foulées du couloir lorsqu'une sorte de porte se ferme brusquement devant lui !

Princess Guy, sous l'impérieuse direction de son driver, a repris place à la corde. Comme dans chaque moment critique, Alec obéit à son instinct. Il ralentit Feu de Joie, le ramène à droite et l'écarte du sulky qui lui barre la route. Le driver de Princess Guy, surpris de voir le poulain bai clair si près de lui, a un sursaut, comme s'il redoutait un accident... qui, heureusement, n'a pas lieu.

De fait, Alec vient de comprendre qu'une chance nouvelle lui est offerte. En regagnant la corde, Princess Guy a créé une autre ouverture, puisque Lord Bobbie reste à plusieurs mètres d'elle. Cette ouverture n'est pas plus large que toutes celles qu'Alec et Feu de Joie ont utilisées depuis le début de la course. Or, voilà qu'elle se rétrécit à mesure que Lord Bobbie oblique vers la pouliche noire ! En une autre circonstance, Alec y aurait regardé à deux fois. Mais il ne voit qu'une solution : tenter le tout pour le tout.

Feu de Joie avance la tête entre les roues des deux sulkies. Il se tend énergiquement dans un effort pour passer et prendre le large.

L'ouverture continuant à se rétrécir, Alec hurle à l'intention du driver de Lord Bobbie :

— Garde ta ligne ! Je passe !

En cas de collision, il connaît la suite. Des blessures si graves pour lui-même et pour son poulain qu'ils ne pourront sans doute jamais reparaître sur les hippodromes. Il hurle une seconde fois et est obéi, car, à partir de ce moment, l'ouverture cesse de se rétrécir. Feu de Joie passe d'extrême justesse et débouche sur la dernière ligne droite.

Devant lui, à cinq longueurs, Bear Cat trotte de plus en plus vite vers la ligne d'arrivée. Silas Bauder, les mains hautes, semble parfaitement tranquille. Il doit être persuadé que, cette fois au moins, personne ne le surprendra.

Alec ne juge pas utile de presser Feu de Joie. Le poulain bai clair voit, devant lui, le poulain brun. Cela lui suffit. Entendant la rumeur de la foule, il sait où il est et apprécie sûrement avec justesse la distance qu'il a à couvrir. Alec estime qu'en ce qui le concerne personnellement sa mission est presque remplie. Son rôle consiste dorénavant à veiller sur son poulain, à ne rien entreprendre qui puisse le gêner. Maintenant, seule compte la vitesse pure. Et, pour cela, Feu de Joie n'a pas besoin d'un stimulant !

À droite, la pelouse... des milliers de silhouettes et de visages qui défilent dans un brouillard. Cette image signifie qu'il reste deux cents mètres avant la fin. Les acclamations roulent par vagues, grondent comme le tonnerre. Ensuite, ce sont les tribunes. Elles allongent leurs ombres sur la piste. Donc, le soleil décline. Combien encore ? Cent mètres peut-être...

Alec n'ose pas bouger. Il s'efforce de ne former qu'un seul être, un seul cœur avec Feu de Joie. Il se contente d'admirer le jeu puissant de ses muscles, les éclairs cadencés de ses fers.

Soudain, sans qu'il ait à lever la tête, il voit ce qu'il attend depuis longtemps. À gauche de Feu de Joie, la casaque vert et jaune de Silas Bauder vient d'apparaître. Le vieux driver manie sa cravache a un rythme endiablé.

Puis la casaque vert et jaune donne l'impression de reculer, de s'effacer. Alec peut enfin voir Bear Cat ! Feu de Joie a déjà sa tête à la hauteur de l'arrière-train du poulain brun. Et, l'ayant rejoint, il le remonte ! Alec en est cependant moins heureux qu'il ne l'aurait pensé. En effet, à droite, se dessine le stand des juges. Par conséquent, l'arrivée n'est plus qu'à quelques mètres ! Feu de Joie a démarré une fraction de seconde trop tard... par la faute d'une maudite pouliche noire, Princess Guy !

Brusquement, Alec a l'impression d'être arraché à son siège. Il lui semble que les roues du sulky décollent ! Les guides se sont tendues à se rompre, il doit, pour garder son équilibre et ne pas être projeté au loin, caler ses pieds dans les étriers, tandis qu'autour de lui tout se mêle, se confond : la casaque vert et jaune, le poulain brun, le stand des juges. Une seule chose lui paraît certaine : la course est terminée. Mais il n'a aucune idée du résultat.

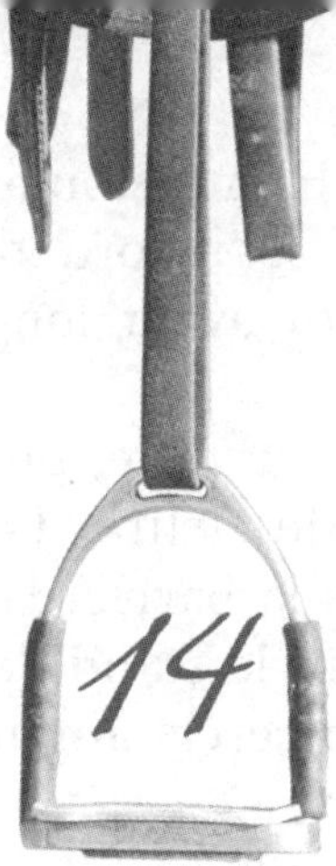

14 Le cercle du vainqueur

Tous les témoins sont d'accord. Ils n'ont jamais rien vu de comparable à la pointe finale du poulain bai clair, à l'effort prodigieux qu'il a accompli dans les derniers mètres. Les uns disent :

— Il avait l'air d'un ressort qui se détend. On aurait juré que ses sabots ne touchaient plus le sol.

Les autres, surtout ceux qui étaient accoudés à la barrière et ont vu les choses de plus près, affirment :

— Parfaitement, tout à la fin, il ne trottait plus. Il planait. Et derrière lui, il traînait en l'air sulky et driver !

Et tous répètent à l'envi :

— On ne reverra jamais un Hambletonian aussi palpitant que celui-ci. Le record de Feu de Joie ne sera pas battu avant longtemps.

Quand Feu de Joie remonte la piste, protégé par des policiers, c'est du délire. Les spectateurs sautent par-dessus la barrière et essaient de s'approcher. Devant le stand des juges, les policiers forment un cercle autour du poulain et de son driver.

Le présentateur donne le résultat :

— Voici le résultat de la photographie : premier, Feu de Joie.

Personne ne lui prête attention. La photo ne fait que rendre officiel ce que tout le monde sait depuis plusieurs minutes. La foule s'écrase autour du cercle du vainqueur.

Les employés de l'hippodrome obligent Alec à rester sur le siège de son sulky. Que de monde dans cette enceinte ! Et combien de visages inconnus !

Les éclairs de magnésium deviennent si nombreux qu'Alec s'inquiète pour la sécurité de Feu de Joie. Un homme, qu'il voit pour la première fois, tient le poulain par la bride pendant que les photographes voltigent autour de lui. Dans les micros qu'on lui tend, Alec doit répéter au moins vingt fois qu'il est très heureux d'avoir drivé le gagnant du Hambletonian…

De temps à autre, il passe son mouchoir sur son visage luisant de sueur. « Où peuvent bien se cacher Jimmy, Tom et George ? se demande-t-il. Ils ne vont tout de même pas me laisser seul ici ? » Il a l'impression que cette cérémonie de présentation est interminable. Des gens toujours plus nombreux apparaissent, lui serrent la main, caressent Feu de Joie.

Le speaker reprend :

— On demande M. Jimmy Creech, de Coronet, Pennsylvannie.

Il a à peine fini de parler que Jimmy Creech surgit au premier rang des badauds. Le propriétaire de Feu de Joie soutient Tom, tandis que George, d'un ton autoritaire, demande à la foule de laisser passer le blessé. Tous trois sourient à Alec et lui adressent un geste amical. Mais ils s'occupent surtout du poulain. Jimmy, malgré les protestations des photographes, lui jette sur le dos sa couverture élimée.

Pour Alec, tout maintenant irait le mieux du monde si Henry Dailey n'était pas absent. A-t-il renoncé à venir ? Caché parmi les spectateurs, regarde-t-il la cérémonie qui se déroule ?

Le présentateur élève de nouveau la voix :

— Mesdames et messieurs, nous vous présentons le vainqueur, Feu de Joie, par Black, le célèbre Étalon Noir, et Rosie Queen. M. Jimmy Creech, son éleveur et propriétaire, reçoit la coupe du Hambletonian…

Des caméras de télévision sont braquées sur Jimmy et on lui enfonce presque des micros dans la bouche. Les reporters l'ayant invité à sourire, il s'exécute avec une parfaite bonne grâce. Il y a si longtemps qu'il attend ce jour-là ! Avec quelle fierté il se tient près de son poulain !

Tom pose la main sur l'épaule d'Alec. Celui-ci lui demande s'il a vu Henry. Tom secoue la tête, balaie du regard la pelouse et les tribunes. Comment identifier, parmi tant de visages, celui de Henry Dailey ? À la demande des photographes, il doit quitter Alec et va se placer à côté de Jimmy.

C'est à ce moment qu'Alec aperçoit, dans les tribunes, une minuscule tache rouge. Alors, sans réfléchir, il enlève sa casaque, la plie et la place avec sa toque sur le siège du sulky.

Puis il saute de la légère voiture et passe près de Feu de Joie, non sans le gratifier d'une rapide caresse affectueuse. Qui prêterait attention à ce garçon en tee-shirt, si semblable à des douzaines d'autres, qui se fraie un chemin dans la foule ? Trente secondes plus tard, Alec franchit d'un bond la barrière, escalade les gradins et ne s'arrête qu'à l'endroit où brille la tache rouge.

— Henry, demande-t-il en lui prenant l'œillère, pourquoi gardes-tu ça ?

— Simple souvenir du Hambletonian, répond Henry Dailey, sans détourner son regard du cercle de présentation.

— Je regrette..., murmure Alec.

— Tu as tort. Je n'avais jamais assisté à une course aussi passionnante.

— Tu ne me comprends pas, Henry. Je voulais dire que je regrette de ne pas t'avoir écouté plus tôt.

— Pour gagner, il ne suffit pas de m'écouter, explique Henry. Il s'agit de bien autre chose ! Tu as drivé de main de maître. Voilà ce qui compte. Et tu avais un poulain aussi extraordinaire que Black, son père !

Il se lève, passe un bras autour des épaules d'Alec et ajoute :

— Allons faire nos valises. Notre travail est terminé. Nous n'avons plus rien à faire ici.

En le suivant, Alec ne peut s'empêcher de se tourner vers le cercle et de contempler un instant Feu de Joie qu'entourent Jimmy, Tom et George. « Henry a encore une fois raison, pense-t-il. Nous avons joué notre rôle. Le rideau tombe. C'est à Jimmy et à Tom de prendre la relève. Un jour certes, j'irai à Coronet, je reverrai Feu de Joie. Pour Jimmy et Tom, il n'y a que lui. Alors que nous sommes attendus chez nous, à notre ranch, par les fils et les filles de Black... et par Black lui-même ! »

Tout à coup, le présentateur demande que « M. Henry Dailey veuille bien venir dans le cercle ».

Henry s'arrête une seconde... puis repart.

— Si je comprends bien, tu renonces à y aller ? demande Alec.

— En effet. Il faut qu'ils se retrouvent seuls avec le poulain. Comme avant !

Alec approuve d'un mouvement de tête. Et, ensemble, ils quittent les tribunes.

Retrouve l'Étalon Noir dans le prochain tome de la série :
Le secret de l'Étalon Noir

Les as-tu tous lus ?

1. L'Étalon Noir

2. Le retour de l'Étalon Noir

3. Le ranch
de l'Étalon Noir

4. Le fils de
l'Étalon Noir

5. L'empreinte
de l'Étalon Noir

6. La révolte
de l'Étalon Noir

7. Sur les traces
de l'Étalon Noir

Suis Alec et Black dans chacune
de leurs aventures !

Table

« Pour l'éditeur, le principe est d'utiliser des papiers composés de fibres naturelles, renouvelables, recyclables et fabriquées à partir de bois issus de forêts qui adoptent un système d'aménagement durable. En outre, l'éditeur attend de ses fournisseurs de papier qu'ils s'inscrivent dans une démarche de certification environnementale reconnue. »

Composition *Groupe JOUVE* – 45770 Saran
N° 564788D

Imprimé en Roumanie par G. Canale & C. S.A
Dépôt légal : juillet 2012
Achevé d'imprimer : juillet 2012
20.20.2786.0/01 – ISBN 978-2-01-202786-2

Loi n° 49-956 du 16 juillet 1949
sur les publications destinées à la jeunesse.